www.tredition.de

AF186020

Ingrid Gabriel-Abraham

Ling

Alltagsgeschichten aus OHV

www.tredition.de

© 2021 Ingrid Gabriel-Abraham

Verlag und Druck:
tredition GmbH, Halenreie 40-44, 22359 Hamburg

ISBN
Paperback: 978-3-347-25620-0

Ingrid Gabriel-Abraham

Ling

Alltagsgeschichten aus OHV

Inhaltsverzeichnis

Vorwort

Über manches kann man sich nur wundern oder gar ärgern. Vieles lässt sich aber leichter ertragen, wenn man es mit Humor betrachtet. Darum bemühe ich mich immer wieder und empfehle es dringend weiter. Nicht alle Texte sind ironisch oder lustig, aber sie sollen trotzdem Spaß machen. Mir macht das Schreiben Spaß. Eine kleine Gruppe von Texten ist für eine Lesung von Schreibmut mit dem Titel „Fundstücke" entstanden. Diese Lesung musste natürlich pandemiebedingt bisher ausfallen.

Einige Texte entstanden im Gespräch mit Freunden oder sind von ihren Erzählungen inspiriert. Vielen Dank an dieser Stelle v.a. an Wolfgang und Elis. Natürlich ist alles v.a. Fiktion, der Bericht über meinen Berufseinstieg und die Gastfreundschaft allerdings nicht. Das war so und ich finde es historisch.

Ich bin sehr froh, mich mit meinen Mitstreiter/-innen der AG Schreibmut austauschen zu können. Ich danke insbesondere Kathrin Hoehne und Wilfried Hildebrandt für Anregungen, Kritik und Korrekturen auch in Lockdown-Zeiten.

Ingrid Gabriel-Abraham

Februar 2021

Die Welt um mich herum

Sprachwandel 2020

Wenn mir jemand vor einem Jahr gesagt hätte, dass Kinder in Deutschland nicht zur Schulpflicht verdonnert sind, sondern zu längerem „Homeschooling", ich hätte mir ungläubig an den Kopf gefasst. Es gibt jetzt Schüler, die heilfroh sind, in die Schule gehen zu dürfen und sich Sorgen machen, nicht genug lernen zu können. Das ist mir völlig neu.

An den Kopf fassen - sowas mache ich heute auch nicht mehr. Man fasst sich nicht einfach so ins Gesicht mit möglicherweise infektiösen Händen. Naja, man kommt ohnehin nicht mehr so weit, denn man hat ja im Prinzip einen Mund-Nasen-Schutz auf und vielleicht sogar Handschuhe an.

Apropos Schutz: Schutzmaßnahmen, das sind strikte Regeln. Strenge hat nicht mehr diesen negativen Beigeschmack. Strenge und strenge Regeln schützen jetzt und sollen Vertrauen schaffen.

Ganz anders verlief der Bedeutungswandel des Wortes Distanz. Wo man sich vor nicht allzu langer Zeit vor jemandem gruselte, der distanziert war, Distanz hielt, und alle möglichen auch nur entfernt Bekannten mit einer Umarmung begrüßte, weist man Leute, die einem heute auch nur die Hand geben wollen, schnellstens auf die streng einzuhaltende Regel des „Social Distancing" hin. Abstand ist in. Kontaktanzeigen sind nun eher nicht angesagt, zumindest wenn sie zu etwas führen, was nicht digital ist.

„Social Distancing" klingt vielleicht nicht so fies wie Abstand. Wer sagt schon Elternunterricht? „Homeschooling" heißt das, und zwar international. Die meisten Eltern haben schnell festgestellt, dass sie das nicht gut können und schon gar nicht mögen. „Homeoffice" klingt wirklich anders als Heimarbeit. Im Englischen sagt man das nicht. Es könnte mit dem Innenministerium, dem Home Office, zu tun haben …

Eine schöne Zwischenlösung für Elektroautos mit zu geringer Reichweite sind Hybridautos. Ähnliches gilt für den Hybridunterricht, der eingeführt wird, wenn Schule nicht geht und Homeschooling auch nicht. Für die, die das nicht gut verstehen: es geht um Wechselunterricht, an Unis eher Geisterlesungen. Wer liest da eigentlich irgendwas? Was für ein Geist breitet sich da aus?

Vor einem Jahr hätte man Kontakt- und Ausgangssperren vielleicht als Maßnahme gegen einen Vergewaltiger oder Stalker zum Schutz seines Opfers gehalten. Jetzt fühlt sich ein großer Teil der Bevölkerung, also Risikogruppen, dadurch geschützt. Und was sind Risikogruppen? Man könnte meinen, das sind Menschen, die für andere ein Risiko darstellen, sagen wir   Schwerverbrecher, Virenträger. Nein, anders herum: das sind die, die das Risiko haben, für die es um Leib und Leben geht.

Nicht alle von denen haben aber diesen Sprachwandel begriffen. Ich nenne sie Kamikaze-Rentner. Kamikaze-Rentner können oder wollen nicht gucken. Sie laufen einfach lange vor oder hinter einer Ampel über die Straße ohne auch nur hochzusehen, nach dem Motto „Fahr mich doch um. Traust dich ja nicht, wirst schon bremsen." Das geht nicht immer gut, wenn man Zeitungsmeldungen trauen darf. Und Kami-kaze-Rentner boxen sich jetzt auch masken- und distanzlos durch den Supermarkt, und meistens zu zweit. Früher blieb Vati im Auto und wartete auf Mutti. Jetzt: volles Risiko. So-was fällt mir auf.

Andere, eher jüngere, einfach schon aus Altersgründen risikobereitere Menschen schmeißen sogenannte Corona-Partys, Anlass egal. Hier bekommt der Begriff Demaskie-rung einen ganz besonderen Klang. Ich gebe zu, ich beneide sie heimlich, denn auch ich vermisse Gemeinschaft und Bei-sammensein. Helenes „Atemlos durch die Nacht" kann aber ohne Atemmaske eine ganz unangenehm neue Bedeutung bekommen. Deshalb lasse ich den Gedanken schnell fallen. Und dann sind da noch die Unentschlossenen: Mund mas-kiert, Nase raus gereckt. Kann man besser durch die Brille sehen, gibt aber keinen Sinn. Viren sieht man sowieso nicht.

Ist das, was unsere Welt gerade so durcheinanderwirbelt, nun eine Seuche? Nein, es ist eine Pandemie. Es fing als „China-Virus" an. So ähnlich war es ja schon anderen Krankheiten ergangen. Sie wurden nach dem jeweiligen Lieblingsfeind als „englische", „französische" oder „spani-sche" bezeichnet, obwohl sie überall verbreitet waren. In-zwischen sagt man weltweit einfach Corona und meint nicht das Bier. Viele sind zum vertrauteren Carola übergegangen. Man kann auch Covid sagen, als ob man Kurt sagt oder Da-vid. David, hau endlich ab. Carola, hör auf.

Egal ob jung oder alt, risikobereit oder nicht, gehamstert haben alle. Das Wort Hamsterkauf habe ich immer mit Krieg oder Nachkriegszeit verbunden. Wo war hier der Mangel, der das hervorrief?

Einige Begriffe haben ihre Bedeutung schon deshalb nicht verändert, weil sie vor dieser Pandemie noch nicht so in aller Munde waren: Z.B. Zoonose, Desinfektionsmittel, Mutation. Wussten Sie, was Triage ist? Noch ist unklar, was sich durchsetzen wird: Herdenimmunität, Durchseuchung oder Durchimpfung - das klingt alles sehr hässlich. Aber bevor irgendwas davon eintritt, haben wir es möglicherweise immer wieder mit verwirrenden „Öffnungsdiskussionsorgien" zu tun.

Und was ist mit der Hygiene und diesbezüglichen Konzepten, sagen wir mal in Schulen? Damit sind zurzeit selten die verranzten Toiletten oder die hart gewordenen, in Staubflocken eingehüllten Stullen hinter der Heizung gemeint. So oder so: der Dreck bleibt.

Ich hoffe nur, dass in absehbarere Zukunft keiner mehr weiß, was mit Handytracking gemeint war.

Ling

Über die Frage, ob die Wortendung „ling" etwas Abwertendes, Verächtliches enthält, man also z.B. *Flüchtling* sagen darf oder nicht, ist eine **ling**uistische Debatte entstanden. Sich als politisch korrekt verstehende Leute sagen sicherheitshalber lieber *Geflüchtete*. Ich überdenke jetzt also auch meinen Sprachgebrauch und suche ggf. nach alternativen Ausdrucksweisen. Nehmen wir mal -

Frühling. Sehr positiv besetztes *ling,* stets freudig begrüßt. Durch nichts zu ersetzen.

Findling: Liegt meist irgendwo in der Gegend rum, als Hindernis, groß, schwer, schwer zu beseitigen. Macht wütend. Will man dieser Wut nicht Ausdruck verleihen, könnte man *der Gefundene* sagen. Aber ich weiß nicht, das ist es irgendwie nicht ...

Jährling. So ein Fohlen hat ja was Niedliches. Liebevolle Bezeichnung für etwas nicht für voll zu Nehmendes, ein Jungtier. Ein Fachbegriff. Was soll man da sonst sagen?

Neuling. Sehr nahe am *Jährling*. *Der Neue* klingt nicht halb so nett.

Abkömmling. Das ist nicht einfach ein Nachkomme, das setzt einen ganzen Clan voraus. Muss nicht schön sein, z.B. wenn die alle bei einem Weihnachtsfest zusammenkommen. Würde da der Urgroßvater sagen können: „Alle meine Abkömmlinge sind eingeladen."? Kann man das ersetzen durch die Abgekommenen? Ich bin da skeptisch.

Erstling. „Das ist ihr Erstlingsroman." Das klingt vielversprechend, da kommen sicher noch weitere tolle Werke. Also: nicht schlimm. *Der Erstgeschriebene* klingt nicht.

Zwilling. Eigentlich auch nicht schlimm, nur wenn man die Mutter ist, beide immer gleichzeitig schreien und gewickelt werden wollen. Aber alternativlos.

Drilling. Eine Waffe, ein Angelhaken oder eine zu kleine Kartoffel. Alle drei nicht schön, aber vom Sprecher nicht so gemeint. Keine Ahnung, wie man auf diese Bezeichnung gekommen ist und was das eine mit dem anderen zu tun haben könnte. Irgendwas daran ist wohl dreifach. Auch alternativlos, auf seine Art.

Füßlinge sind ein an den Füßen zu tragendes kleines Nichts und *Fäustlinge* sind wirklich nützlich. Lassen wir sie so.

Das Wort *Saitling* ist verwirrend. Man sollte es, um Missverständnisse zu beseitigen und auch um noch mehr Verbraucher zu Vegetariern zu machen, durchgehend mit *Wursthülle aus Schafsdünndarm* ersetzen.

Und jetzt kommen die Schlimmen:

Wüstling. Schlimm ist hier das Wüste. Man könnte ersatzweise *der Verwüstende* verwenden. Das *ling* kann nichts dafür. So ist das auch mit *Feigling, Primitivling* und *Naivling*. Beim *Säugling* bin ich mir nicht so sicher. Der oder die oder das Saugende?

Hänfling. Das hat nur sehr wenig mit Hanf zu tun und darf auf keinen Fall durch *der Hanf zu sich Nehmende* ersetzt werden.

Dass der Konsum von *Kümmerling* stets dazu führt, dass man sich um jemanden kümmern muss, ist nicht erwiesen. Hat das irgendwas mit *Riesling* zu tun? Oder mit Schierling?

Impfling. Wortneuschöpfung aus dem Jahr 2020. Was ist gemeint? *Der zu Impfende* oder *der Geimpfte?* Schon wegen der Geschlechtsneutralität wird man 2021 möglicherweise mit Nachrichten wie diesen rechnen dürfen: „Schon 5% der Bevölkerung sind Impflinge."

Das chinesische Wort *ling* heißt übrigens Glocke. Klingelingeling, sage ich da nur.

Mein und Dein – Ja und Nein

Ich traf mich mit meiner Tochter und den Enkeln in einem Café, einmal und nie wieder. Klingt ja gut: Eltern-Kind-Café, kinderfreundlich, Spielecke, die Großen können entspannt Kulinarisches genießen, während ihr Spross mit anderen Sprossen beschäftigt ist. Eine Stätte der Begegnung und so schön Generationen übergreifend. Spezial-Angebot für die Kinder und für die, die es mögen: glutenfreie, salz- und zuckerfreie Hirsetaler oder ebenso geschmackfreies Dinkelgebäck. Dies ist auch nicht so ein unfreundlicher Ort, der durch Poller am Eingang verhindert, dass die Bude voller Kinderwagen steht. Zugegeben, man kann kaum treten. Also die Kinder schon, die haben ja ihre Spielecke. Die Großen sehen einen Vorteil in ihrer Unerreichbarkeit, wenn sie einmal richtig zugestellt sind. Und dies ist auch ein Ort, wo Eltern sich mal über ihre erzieherischen Probleme austauschen können.

Vom Nebentisch schwappt ein Müttergespräch zu mir herüber. Es geht darum, dass klein Joni so häufig erkältet ist. Wieso eigentlich? Ein starker Faktor könnte sein, dass er Hausschuhe grundsätzlich ablehnt, deshalb immer kalte Füße hat. „Das kenne ich", sagt eine weitere Mutter, „ Emma mag Mützen nicht." Eijeijei, was tun? Meine Tochter und ich sehen uns etwas starr an. Mütze und Socken anziehen? „Ich möchte meinem Kind ja nicht meinen Willen aufzwingen.", kommt noch. Meine Tochter kann es nicht lassen. Sie dreht sich zum Nebentisch, hebt die Augenbrauen und sagt sehr ruhig: „Ich glaube, dein Kind lernt gerade, wie es dir seinen Willen überstülpen kann. Und wie man zu Schnupfen kommt." Rumms.

Ganz entspannt ist der Aufenthalt hier ohnehin nicht. Eine längere Unterhaltung ist nicht möglich, denn es herrscht ein Lärm wie auf einer Großbaustelle plus Teenie-Gekreisch bei einem Justin-Bieber-Auftritt. Törtchen essen geht nicht, denn das Kind will auch was abhaben, soll aber nicht so viel Süßes essen. Naja, ich ja eigentlich auch nicht. Und ständig wuselt doch ein Spross in die Erwachsenenabteilung und beschwert sich über die Rüpeleien anderer Kinder. Ich lasse mir mein Törtchen aber nicht nehmen, verteidige es tapfer gegen meine Enkelkinder. Ein wirklicher Genuss will sich dennoch nicht einstellen, denn am Nebentisch wird jetzt, gerade jetzt, der Kleinste gewickelt. Eine frische Windel war sehr nötig, das riecht das halbe Café. Der Weg zum kindgerechten Klo mit Wickelstation war sicher zu weit. Oder mit Kinderwagen versperrt. Ich bin voller Verständnis, gehe aber nun spontan auf Diät. Ich kann die wickelnde Mutter noch fragen: „Was würden Sie eigentlich sagen, wenn mein Hund jetzt hier…", sondiere dann aber den schnellsten und am wenigsten blockierten Weg zur Toilette. Bei der Antwort: „Sie haben wohl keine Kinder?" stehe ich auf, zische „Doch, vier." und verschwinde, denn es würgt mich ernsthaft.

Wir gehen also mit den Kindern auf den Spielplatz. Kinder müssen anderen Kindern begegnen, das ist wichtig. Das ist pädagogische Pflicht. Die müssen doch Sozialverhalten lernen. Leider begegnet man da auch anderen Eltern.

Diese Frau mit den Hochwasser-Karotten-Jeans und der etwas spitzen Stimme z.B. bespielt ihr Töchterchen durchgehend. Es braucht ja immer neue Anregungen, um sich intellektuell zu entwickeln. Sie spricht noch nicht Englisch oder Französisch mit dem Kind, könnte sie ruhig, je früher umso besser. Aber die sind auch erstmal noch auf dem Buddelniveau und haben viel förderliches Spielzeug dabei. Sie stößt immer mal wieder begeisterte, sehr hohe Laute aus oder applaudiert, wenn dem Kind etwas gelingt, was Mutter vorgemacht hat. Ich ertappe mich jetzt schon beim Fremdschämen über das pseudokindliche Mitspielen. Kinder sind keine kleinen Erwachsenen, aber Erwachsene auch keine kleinen Kinder. Die Mutter baut wirklich schöne Gebilde, rechnet eigentlich mit der hellen Begeisterung ihres Kindes. Das aber hat nun einfach Freude am Draufhauen. Bei dem mütterlichen Gejammer „Ooch, mein schöner Sandkuchen" fällt mir spontan der schöne alte Liedtext ein, der auch das Zeug zum Kinderlied hätte: Macht kaputt, was Euch kaputt macht!

„Guck mal", sagt die Mutter zu ihrer Sand kauenden Tochter, „was für ein schöner Traktor. Willst du damit nicht auch mal spielen? Sowas kennst du noch gar nicht." Das Kind bespielt gehorsam den Traktor meines jüngsten Enkels. Stört den nicht. Der sieht nur Spielzeug im Allgemeinen. Er robbt rüber und greift sich zwei dieser grell rosa Förmchen, die dem Mädchen gehören. Dieses erwacht aus seiner Trance und wirft sich mit einem beachtlichen Hechtsprung und in voller Länge über sein gesamtes Eigentum, um es vor dem feindlichen Angriff zu schützen. Es stößt dabei einen lang gezogenen, etwas nöligen Ton aus. „Naja", sagt meine Tochter vorsichtig, „nun könnte ja mein Sohn doch auch mal mit den Förmchen ihrer Tochter spielen, sein Traktor ist ja belegt."

„Nein", kommt da zurück, „das geht nicht. Offensichtlich möchte er das nicht. Kinder können einfach noch nicht teilen. Dazu sind sie emotional nicht in der Lage." - „Na weißt du", kommt die Antwort, „wer hierher kommt, spielt doch zusammen. Deswegen kommt man her. Und das Teilen kann man lernen. Gehst du auf eine Party und sagst, keiner darf meinen mitgebrachten Nudelsalat essen?"

„Das siehst du falsch. Kinder haben ein Recht, nicht zu teilen, denn ihr Spielzeug ist ein Teil ihrer selbst. Du gehst doch auch nicht auf eine Party und reichst dort deine Autoschlüssel rum."

Meine Tochter holt hörbar Luft. „Ich lade nicht zum Abendessen ein", gibt sie zurück, „ und sage dazu, aber dein Essen musst du selber mitbringen. Und jetzt her mit dem Traktor, aber ruckzuck."

Als wir ins Auto steigen, überlege ich, ob vielleicht auch ein Auto Teil der Persönlichkeit sein könnte, also mein alter, zerbeulter Kombi Teil meiner selbst. Das wäre mir peinlich. Auf dem Heimweg legen wir die CD von SDS ein und singen mit: „Wenn jeder an sich denkt, ist an alle gedacht".

Auf gute Nachbarschaft

Max freute sich riesig- endlich hatten sie dieses kleine Grundstück ergattert. Ihre Wohnung war ja so klein und nun wurde der Traum wahr von ein bisschen eigenem Grün im Sommer. Er fing an, die Laube, die dort stand, instand zu setzen. Sie brauchte neue Fenster, ein neues Dach, musste z.T. neu verputzt und von innen und außen gestrichen werden. Seine Frau Anna übernahm mal wieder das Außenministerium und gab zu Ostern kleine Aufmerksamkeiten bei den Nachbarn ab und versprach ein kleines Einweihungsfest, wenn sie fertig gebaut hätten.

Sie kannte das so aus der Nachbarschaft ihrer Eltern. Man reichte dort regelmäßig Ernteerfolge über den Zaun, hängte sich zu Weihnachten kleine Aufmerksamkeiten ans Tor und einmal im Jahr lud einer der Nachbarn zum Grillen ein. Manchmal fegte man abwechselnd Schnee oder Laub beim Nachbarn mit weg. Das waren keine Freundschaften, sondern ein gepflegtes Miteinander. Man hatte das Gefühl, sich in nachbarschaftlichen Angelegenheiten aufeinander verlassen zu können. Kurt und Anna waren dort oft zu Besuch gewesen. Nun aber sollte es ein eigener Garten werden.

Links wohnte Frau Schmidt. Sie freute sich möglicherweise über die selbst gebackenen Kekse, ließ es aber nicht so raus. Stattdessen nahm sie die Gelegenheit wahr, sich ausführlich über den ständigen Baulärm zu beschweren. Sie sei eigentlich im kreativen Bereich tätig und auf Ruhe angewiesen. Wie lange das hier nun noch so ginge, es wäre ja nicht zu ertragen. Sie müsse jetzt so oft weinen vor Verzweiflung. Und ja, die Vorgänger-Nachbarn wären zwar nicht sehr nett, dafür aber ruhiger gewesen. Anna zog sich angesäuert zurück und brütete noch ein bisschen über der Frage, was mit kreativ gemeint war. Malen? Schreiben? Singen wohl nicht. Schneidern, Töpfern oder etwa Yoga?

Max baute ungerührt weiter. Die Nachbarn auf der anderen Seite, die Webers, freuten sich mehr über den Neuzugang. Die Vorgänger wären schon etwas schwierig gewesen, erzählten sie. Die wollten eine dicke, hohe Hecke, haben lauter Tannen gepflanzt – Tannen! - und dann auch nie versucht, sie klein zu halten. Das war ja fast genauso schlimm wie der Nachbar, der auf der anderen Seite eine Hecke hochgezogen hat. Nein, sie haben die Hecke nie geschnitten. Man sieht da gar nichts mehr und die Blätter fallen immer rüber.

Die ließen sich auf kein Gespräch darüber ein und schließlich half nichts anderes als einfach literweise kochendes Wasser in die Hecke zu gießen, bis sie verstarb. Um dieses Elend nicht mitansehen zu müssen, habe man nun eine eigene Hecke gepflanzt, aus Bambus. Die würde er jetzt auch auf dieser Seite pflanzen, wegen der Symmetrie.

Max war alarmiert. Ob die wohl bedacht hatten, dass Bambus ohne eine feste Folie im Boden recht bald zum Wald werden kann; und das auch in seinem Garten? Welche Vorteile eine Bambushecke hat, erfuhr er aber auch recht bald. Als es wärmer wurde, stellte er einen Pool auf und setzte sich mit seiner Frau und zwei Gläsern Sekt hinein. Es dauerte nicht lange, da wurde der Bambus beiseite gedrückt und es erschienen die strahlenden Gesichter der Schulzes. Die hatten sich auch etwas zu trinken mitgebracht, denn sie gedachten, etwas länger dort stehen zu bleiben und zuzusehen. Das Fernsehprogramm war ja wie immer schlecht. Die Hoffnung, dass sich die erste Neugier bald legen würde, erfüllte sich nicht. Am nächsten Wochenende standen schon sechs Leute in der Bambushecke. Die Schulzes hatten sich Besuch eingeladen, dem sie die neue Attraktion zeigen wollten: Menschen im Pool. Nun weinte Anna öfter mal.

Max baute als Sichtschutz ein Zelt um den Pool herum. Schnecken, die er fand, und er fand viele, warf er nachts bei Schulzes über den Zaun und in das Salatbeet. Weil er jetzt nicht mehr so viel Baulärm machte, kaufte er sich einen Laubbläser, den er auch ohne Laub immer mal wieder betätigte, nur um Frau Schmidt zu ärgern. Er hackte Holz, wann immer er konnte, und hat sich einen Kamin zugelegt, damit es auch weggeht. Aus dem geplanten Einweihungsfest ist nie etwas geworden. Schade eigentlich.

Wertschätzung

Ich hatte Gabi lange nicht gesehen und als die Einladung zu ihrer Geburtstagsparty kam, sagte ich erfreut zu. Es war ein besonderer Geburtstag und sie feierte groß. Also traf man auch alte Bekannte, ehemalige Kollegen oder auch Leute, an die man sich nicht nur freudig erinnert.

Was sagt man da so? Man sagt: „Und was machst du jetzt so?" - „Ja, mir geht es auch wieder gut." Keine Nachfrage. „Was macht eigentlich Hartmut, hast du von dem mal was gehört?" und Ähnliches. Man war sich schon früher nur mit kollegialer Höflichkeit begegnet. Nein, eigentlich nicht mal das. Es herrschte ein mitunter sehr rauer Ton. Obwohl es viele teambildende Maßnahmen gegeben hatte und alle das Wort „Wertschätzung" wie eine Fahne vor sich hergetragen hatten, war ich mit kaum jemandem richtig warm geworden. Ich habe den Begriff „Wertschätzung" auch nie wirklich verstanden. Um was für einen Wert geht es? Jeder ist was wert? Nichtssagend irgendwie. Aber klangvoll. Ich fand immer, das war eine Keule, mit der man Kritik oder vermeintliche Konkurrenten aus dem Feld schlägt. „Wertschätzung" wurde eingefordert, wenn man sich einfach nur behaupten oder einer Auseinandersetzung aus dem Weg gehen wollte. Naja, lange her.

Zum Glück gab es bei Gabi ein sehr attraktives Buffet, an das man sich immer mal wieder zurückziehen konnte.

Dann erschien Gertrud, der Name fiel mir gerade noch ein. Sie stürzte mit erhobenen Augenbrauen und spitzen Tönen, jedenfalls hocherfreut, in meine Richtung. Sie war eine ganz besondere Wertschätzerin. Deshalb fragte sie auch jetzt nichts, sondern erzählte viel von sich, von ihren guten Taten in der Dritten Welt, von ihrem neuen Buchprojekt und ihrer besonders aktiven Familie. Ihr Sohn verfolge so interessante Projekte, so wie sie früher. Als sie anfing, von früher zu erzählen, wurde mir langsam klar, dass sie mich für jemand ganz anderen hielt. Nein, unsere Söhne waren nicht gemeinsam in der Kita, ich habe gar keinen Sohn. Nicht dass sie nach meinem Sohn gefragt hätte, das nicht. Meinen Namen hatte sie garantiert vergessen.

Irgendwann reichte es mir. Das Buffet war auch nicht mehr die Rettung. Ich verabschiedete mich. Gabi und ich werden uns bald mal zu zweit treffen. Sagten wir. Und Gertrud rief mir noch nach. „Und melde dich doch mal wieder!" Ich wüsste nicht, wo.

Unschärfe

Die gemeinsame Lektüre von Iris Wolffs Roman „Die Unschärfe der Welt" in der Gruppe BUCHZEIT des Kulturkreises Hohen Neuendorf hat einige Mitglieder zu eigenen Texten inspiriert. Ich bin allerdings schon beim Titel hängen geblieben. Was für ein Wort : Unschärfe! Der Welt?

Auf des Messers Schneide

Steht es

Und das Messer ist nicht scharf.

Stell mal scharf, kein scharfer Blick.

Ich brauch mehr Tiefenschärfe.

Chili-Schärfe fünf,

Geht noch schärfer.

Wird hier scharf geschossen?

Scharfer Wachhund will nur spielen.

Ist die Braut denn scharf?

Das sind schon scharfe Worte.

Essen und mehr

Mutters Küche

Ich habe ein gutes Verhältnis zum Essen. Und zum Kochen. Ich stehe in der Küche und koche. Kein Schwein guckt, Mutters Gekoche ist vollkommen uninteressant, obwohl ich doch nicht schlecht koche. Ich bin aber eben kein Profi.

Im Fernsehen hingegen verfolgt meine Familie gebannt bis zum Speichelsturz, wie irgendwelche Starköche oder wenigstens. Promis irgendwas vorkochen. Das sind meistens Männer, sonst wären es ja keine Profis. Frauen sind kochend eher gute Haus-oder Landfrauen. Und ich bin nur Mutter. Wenn Vater oder Sohn kochen, dann ist das aber auch keine Arbeit, sondern Hobby. Die kochen, weil sie Lust dazu haben und etwas Außergewöhnliches ausprobieren wollen, vielleicht sogar etwas aus dem Fernsehen.

Neulich bin ich über den Begriff „gastrosexuelle Männer" gestolpert. Ich glaube, das trifft es. Das ist modern, sowas Ähnliches wie metrosexuell. Gastrosexuelle Frauen gibt es ebenso wenig wie metrosexuelle Frauen.

Vielleicht bin ich auch selbst ein wenig schuld daran, dass meine Familie meine Kochkünste nicht bewundern möchte. In der Vergangenheit habe ich vielleicht etwas Porzellan zerschlagen. Ich erinnere mich düster, dass ich es eine Zeit lang nötig fand, immer etwas Kieselerde - Gel auf den Teller zu geben. Ist gut für Haut und Haare und was weiß ich. Und wegen der miesepetrigen Frage „Was gibt's denn heute?", nach dem Kochfernsehen und meinen unbeachteten Küchenaktivitäten, antwortete ich meinen Pubertisten vor Wut:

„Das ist Schneckenschleim." Damit war das Mahl dann endgültig unten durch, Nahrungsergänzungsmittel ein für alle Mal auch und „Schneckenschleim" das ultimative Schimpfwort der Familie für alles, was sie aus Mutters Küche nicht mochten.

Die wissen gar nicht, wie gut sie es bei mir haben. Als ich ein Kind war, waren ganz andere Nahrungsergänzungsmittel Mode. Das grenzte an Kindesmisshandlung. Weil ich so dünn und blass war, sollte ich ein stärkendes Getränk zu mir nehmen: Rotwein verquirlt mit rohem Eigelb und viel Zucker. Da hilft nur auf den Tisch kotzen. Auch der Lebertran-Versuch scheiterte. Weitere Kinderquälerei: Das Apfelmus meiner Oma, das aufgrund ihrer kriegserfahrenen Sparsamkeit voller Griepsch-Teile und Schalen war, wahrscheinlich stundenlang gekochter und gequirlter Spinatbrei, dem jegliches Eisen entzogen worden war, oder der Hit: Heringe: nüscht wie Gräten, aber billig.

Nach den Nachkriegs-Fressjahren kam in den 60er Jahren mehr Gesundheitsbewusstsein auf: Margarine statt Butter, Nahrungsergänzungsmittel, im Extremfall auch täglich eine präventive Aspirin gegen Herzinfarkt und Co., bis die Nieren sich beschweren. Dann: kein Fett, dann nur Fett –Lowcarb- Diäten … Je mehr Wohlstand, desto pingeliger kann man werden.Vegan z.B. und Gluten-unverträglich und Laktose-feindlich. Mal sehen, welches Verhältnis zum Essen wir noch so entwickeln. Meine Kinder machen sich jetzt erstmal eine Pizza warm.

Extrawurst und Quark

Ich weiß nicht, ob uns Deutschen so vieles nicht schmeckt oder ob wir so verfressen sind. Die Briten nennen uns ja schon Krauts und wir hören uns möglicherweise oft so an:

„Sag mal, hast du unsere neuen Kollegen schon kennen gelernt? Wie findest du die denn? Die Hanna z.B.?" frage ich.

„Hanna ist ganz in Ordnung. Fleißig, freundlich, fair, würde nie jemanden in die Pfanne hauen und wenn du mich fragst: Eine echte Sahneschnitte. Pfirsichhaut, Mandelaugen, Kirschmund. Hat den Heiner gleich so verwirrt. Der hat ab sofort nur noch Augen für die Neue. Kriegt immer Knie wie Wackelpudding, wenn er sie sieht, sagt er. Hat für keine Andere mehr was übrig."

„Ist mir völlig Banane. Interessiert mich nicht die Bohne. Ich finde sowieso, der hat eine Kartoffelnase und Käsefüße. Und der ist so ein dürrer Hering. Macht mich überhaupt nicht an. Ist einfach eine Pflaume."

„Willst du mich veräppeln, noch vor einem Monat warst du sehr an ihm interessiert, hast alles Mögliche getan, um ihn auf dich aufmerksam zu machen. Jede Woche zum Friseur, neue Klamotten usw."

„Nun ja, aber der hatte einfach Tomaten auf den Augen und eine ziemlich dicke Birne. Da war nichts zu machen. Heute bin froh darüber."

„Aber er hatte dich doch zum Essen eingeladen." -„Pustekuchen. Das Date hat er voll versemmelt. Kam eine halbe Stunde zu spät, sah aus wie durch den Wolf gedreht und hat eigentlich nur Quark erzählt. War echt Käse."

„Und dieser neue Typ, diese Bohnenstange, Walter heißt der, wie ist der so drauf?"

„Das ist vielleicht eine Gurke. Der labert und labert, muss zu allem seinen Senf dazu geben, bevor er weiß, worum es geht. Der geht mir voll auf den Keks." Sandra mag ihn wohl nicht. Ich mag Gurken und Kekse und eigentlich auch Senf, deshalb brauche ich eine Sekunde, bis ich die Botschaft richtig reingelöffelt habe.

„In den ersten Tagen hat er sich ja von seiner Schokoladenseite gezeigt, pünktlich und ein freundliches ‚Guten Morgen' und erst mal Kaffee gekocht für alle. Aber eines Morgens tanzte er ein und flötete: ‚Na, Ihr Zuckerschnecken? Gut geschlafen?' Na, und Lisa gleich – die hatte an dem Tag sowieso schlecht gefrühstückt: Pass mal auf, dass nicht gleich irgendwas in deinem Gesicht zu Brei wird, Süßer.' Die war richtig sauer. Volles „Me too" bei uns. Fast tut er mir schon leid, das arme Würstchen.

„Bei der Terminplanung braucht er immer eine Extrawurst. Und an seinem Arbeitsplatz sieht es jetzt schon aus wie Kraut und Rüben. Alter Schwede! Dabei macht er so einen auf Erbsenzähler. Naja, bei dem derzeitigen Fachkräftemangel gibt es eben nicht nur Lachs und Kaviar. Aber mir kann es ja wurscht sein."

Aber mal ganz ehrlich, ist doch alles ziemlicher Quark. Und schon Goethe sagte: „Getretener Quark wird breit, nicht stark."

Der Mensch ist, was er isst

Klassentreffen. 10 Jahre Abitur. Man hat sich lange nicht gesehen und ist neugierig, was aus den anderen so geworden ist.

Betty hat sich die Haare wachsen lassen. Ihr stehen die roten Locken etwas wild vom Kopf ab. Ihr Gesicht ist ziemlich durchsichtig geworden und sie guckt leicht vergeistigt aus ihrem weiten, grünen Kleid. Bastian ist erst auf den zweiten Blick wiederzuerkennen. Aus dem schmächtigen Kerlchen ist ein ziemlicher Muskelprotz geworden. Lukas trägt jetzt Bart, lang, aber an einigen Stellen modisch zurechtgestutzt. Emma wie eh und je in einem kurzen Röckchen und mit mehr klirrendem Schmuck als mit irgendwas anderem bekleidet, strahlt volle Selbstzufriedenheit aus. Man beäugt sich kritisch und bemerkt so dies und das. Nach dem üblichen „Und was machst du jetzt so?" - Austausch landen irgendwann alle an einem Tisch und das Gespräch kommt auf die diversen Essgewohnheiten. Man konnte ja nicht ahnen, wie brisant dieses Thema werden kann. Da geht es auch um Lebenseinstellungen, politische oder philosophische Überzeugungen. Da geht es zur Sache.

Die Sache ist die: Bastian treibt ungemein viel Sport, Kraftsport. Um sein Ziel, seinen Körper in Richtung stahlhart zu optimieren, hat er auch seine Ernährung umgestellt, auf Paleo. Das heißt so, erklärt er, weil man damit nur zu sich nimmt, was auch Steinzeitmenschen schon gegessen haben, v.a. Fleisch. Bastian hat übrigens vier Semester Geschichte studiert. Er jagt zwar nicht, aber es gibt für ihn Sinn, möglichst viel Eiweiß und möglichst wenig Weizen und gar keinen Zucker zu konsumieren. Daher kommt also der neuerdings stählerne Körperbau. Die anderen sehen sich etwa betreten an.

Nur Emma rastet gleich aus. „Nur Fleisch? Wieso überhaupt Fleisch? Das glaube ich jetzt nicht. Weißt du, was du damit der Umwelt antust? Weißt du, wie es in der Tierhaltung und Fleischindustrie zugeht? Nee, also wirklich!" Emma, erfährt man dann, ist überzeugte Vegetarierin. „Und gesünder als deine Fleischfresserei ist das sowieso", schnaubt sie noch, als ihr Betty ins Wort fällt: „Da muss man aber schon konsequenter sein, ich lebe vegan, das gibt Sinn.", haucht sie. Sie trägt vegane Kleidung, Leinenschuhe, einen Acrylpullover, etwas knittrige Hanfhosen. Dennoch versucht sie, Plastikmüll zu vermeiden. Auch das schade ja der Tierwelt. „Und wie kommst du zu einer vollwertigen Ernährung?", wird sie von irgendeinem traditionellen Esser gefragt. Ab und zu irgendwelche Nahrungsergänzungsmittel und viele Nüsse. Damit sei sie ganz bei sich. In ihrer IT-Firma fällt sie damit nicht weiter auf.

Anna arbeitet als Yoga-Lehrerin und hat sich für ein Leben als Frutarierin entschieden, nur noch Früchte. Das zehrt. „Kein Wunder, dass du so durchsichtig aussiehst.", wirft ihr Bastian an den Kopf. Sie sieht ihn etwas länger von oben bis unten an, Mitleid macht sich in ihrem Gesicht breit. Schließlich haucht sie: „Es kann ja jeder essen, was er will. Du musst eben selber wissen, ob du das, was du da isst, deinem Körper antun willst."

Marianne denkt bei sich: Früher neigte Anna zur Magersucht. Na die scheint sie ja jetzt überwunden zu haben, vielleicht aber auch nicht. Aber sie sagt es nicht.

Jan wendet ein, das könnte er nicht. Er sei schließlich Angler und somit kompromissloser Pescetarier.

Armin war früher schon wenig entscheidungsfreudig. Es passt, dass er zum Flexitarier wurde. Mal so, mal so. Schön, dass es auch dafür einen Namen gibt.

Den Vogel schießt Lukas ab. Er erklärt ausführlich, warum er Mazdaznanier wurde. Das ist nicht einfach irgendein Essensstil. Nein, die Entscheidung für die richtige Ernährungsweise ist typabhängig. Das muss schon genau betrachtet werden, vegetarisch oder vegan oder beides. Und dazu muss man auch richtig atmen. Das ist eine Lebenseinstellung. Richtig atmen verändert alles.

Das findet Boris auch. Er ist ein Freegan. Er verdient ja ganz gut, aber aus politischen Gründen containert er immer wieder und sammelt Essensreste in Restaurants ein. Dieser ganze Konsumterror, diese Einkauferei mit all den schlimmen Folgen für das Klima gehen ihm auf die Nerven. Er findet ja das Engagement für die Tafel ganz gut. Das kommt Bedürftigen zugute. Dafür hat er aber keine Zeit. Er trägt ganz alte Diesel-Jeans und ein etwas ramponiertes Gucci-Hemd, wahrscheinlich aus dritter Hand.

Marianne hat bisher gar nichts gesagt. Sie wird wohl auch nichts mehr sagen. Sie war zwei Jahre als Krankenschwester in Liberia. Seit sie wieder zu Hause ist, freut sie sich täglich über die Möglichkeit, zu essen, was ihr schmeckt, weder Hunger noch zwangsläufig sehr einseitige Ernährung erleben zu müssen. Sowas ist ja auch nicht gesund. Sie hat noch nie so viel über Essens-Vermeidungsstrategien nachgedacht

und kann hier nicht mithalten. „Die haben sich hier alle gefunden", denkt sie. „Ich finde das eigenartig. Gut, dass wir
uns nicht zum Essen verabredet haben."

Das Auge isst mit

In der chinesischen Küche legt man Wert darauf, dass in
jedem ordentlichen Gericht nicht nur alle Geschmacksner-
ven bedient werden - süß, sauer, salzig, bitter und gerne
auch umami, sondern auch alle Farben vertreten sind. Das
Auge isst mit.

Ich habe den Verdacht, in der traditionellen deutschen
Küche herrschen eher Pastellfarben vor. Kohlrübe und Kartoffel zeigen, wenn überhaupt eine Farbe, dann zartes Gelb,
Würstchen ein verhaltenes Braun, Hühnchen eine vornehme
Bleiche. Erbsen und Karotten werden durch längeres Kochen weitgehend von ihrer Farbe befreit. Die grellsten Farb-
tupfer kommen mit Ketchup, Senf und Curry auf den Teller.

In Dänemark scheint man kräftigere Farben zu bevorzu-
gen. Die Erbsen sind giftgrün, die Wurst scharlachrot. Ich
weiß nicht, wie und warum die das machen und will es lieber gar nicht wissen.

Um den Sinn für Farbe im Essen zu schärfen, könnte man
doch auch mal einfarbige Gerichte anbieten. Alles in Grün
z.B.: Gurkensalat, grüne Bohnen oder Lauch, Petersilienkar-
toffeln (mehr Petersilie als Kartoffel). Das müsste vegetarisch sein, denn grünes Fleisch ist eklig. Oder in Rot: Rote-
Beete-Suppe, gefüllte rote Paprika, halbrohes Steak („rare"),
Rote Grütze zum Nachtisch. Ein ganz dunkler Tag käme daher mit schwarzen Tintenfischnudeln, blauen Kartoffeln

und schwarzen Bohnen, zum Nachtisch Schokopudding. Nur Rosa geht nicht: in Rosa ist alles zerkocht. Es war mal eine Zeit lang originell, blaue Kuchen oder grüne Kekse zu einer Party mitzubringen. Lebensmittelfarben machten es möglich und wurden noch nicht so kritisch gesehen. Jetzt ist das aus der Mode gekommen.

Einige Künstler haben die erstaunlichsten Skulpturen und Landschaften aus Lebensmitteln geschaffen, die natürlich eine begrenzte Lebensdauer haben und schnell verputzt werden müssen. Im Verzieren einer Sonntagsspeise mit geschnitztem Gemüse und aus Obst gebastelten Gebilden sind allerdings die chinesischen Köche die unerreichten Meister.

Aber wie sagte meine Oma? „Mit Essen spielt man nicht. Nicht so viel hingucken, nicht drin rumrühren, einfach aufessen."

Die Bar

Ich hatte jemanden im Wedding besucht und schlenderte zur U-Bahn. Da kam ich an einer Bar vorbei und dachte mir, na gucken kannst du ja mal, ein kleines Getränk vor dem Heimweg kann nicht schaden. Es sah hier ganz gemütlich aus. Inzwischen weiß ich: Wer durch diese Tür geht, verlässt den Wedding und betritt einen Dschungel. Alles grün: die Fliesen, die Theke, eine Pflanzenwand als Raumteiler, Pflanzen von oben und an den Wänden. Dezente Beleuchtung und natürlich ein grüner Tresen.

Sehr chic, sehr jung. Ich studiere die Karte. Nicht so billig. Man staunt, was die Weddinger für Geld auf den Tresen legen können und wollen. Na vielleicht sind die gar nicht alle aus dem Wedding. Ich ja auch nicht. Ich kann mich noch nicht entscheiden zwischen „Basil Mule" und „Mezcal Negroni" und suche mir erstmal ein geeignetes Plätzchen. Ich könnte mich an den langen Tisch setzen, der ist doch wie geschaffen für einzelne Gäste. Da können sie ungezwungen mit irgendwem ins Gespräch kommen. Es wird auch geschnattert, was das Zeug hält. Auch ohne Musik ist der Geräuschpegel beachtlich. Drüben eine Geburtstagsfeier, noch eine Runde Schnaps mit Bierschaumhaube.

Wer sitzt denn hier so? Zwischen Gesichtern, die sicherlich öfter mal hier reinschauen und zum Freundes- und Bekanntenkreis der Inhaber gehören mögen, sitzen Gäste, die nach wechselndem Publikum aussehen, sicher einige Touristen. Und ich ahnte es schon: Hier hebe ich mal wieder den Altersdurchschnitt enorm an.

Der Barkeeper hat möglicherweise sechs Arme und mehr als zwei Augen, er schüttelt und mischt und gießt, erfasst alles, erscheint umgehend mit einem edlen Gesöff, das er dem Kunden ganz dezent unter die Nase schiebt.

In einer Ecke am Eingang steht ein runder Tisch. Da ist irgendwas anders. Da sitzen ein paar ältere Damen auf wenig altersgerechten Barhockern und sehen sich das Treiben an, jede mit einem gepflegten Drink vor sich und dann noch einem. Alle aus der Kategorie „Beige kommt mir nicht an den Körper, konnte früher schon kein Rosa leiden." Da passe ich vielleicht hin.

Mir bitte auch sowas Gehaltvolles und - siehe da- wir kennen uns doch! Was macht Ihr denn hier? Sie klären mich auf: Sie seien hier Stammgäste und mit dem Barkeeper gut bekannt. Sie säßen unbedingt immer an diesem Tisch. Man habe hier so einen guten Überblick über das Geschehen, wer so kommt und geht und wie er geht, und wer mit wem.

Oft müsse der Tisch für sie reserviert werden. Da steht dann „Reserviert für Tante M" oder „Mum" oder „For good old U".

Eine Lady kramt unaufhörlich in ihrer Tasche. Sie sucht wohl ihre Brille, um die Getränkekarte studieren zu können, produziert aber nur einige Sonnenbrillen. Das gibt nun gar keinen Sinn, denn hier ist es zu fast allem zu dunkel. Die Getränkekarte sicherheitshalber auswendig zu können, ist ja schließlich auch Hirnjogging, da sie alle paar Monate erneuert wird.

Noch ein Drink und ich habe teil an ihrem Privileg: Sie sind die denkbar einzigen Gäste, die sich Nüsschen und Chips mitbringen dürfen, um dem neidischen Jungvolk am Nebentisch etwas vorzukauen. Hier gibt es sonst nur Flüssignahrung.

Ich erfahre außerdem: Sie sind allerdings auch eine Task Force der anderen Art, wenn es darum geht, ungewöhnliche Zutaten zu beschaffen, nach passenden Namen für neue Drinks oder ausgefallenen Glühweinrezepten zu suchen, Gläser zu polieren, wenn die Luft brennt, und überhaupt dem Barmann zuzuarbeiten, falls nötig. Da werden in Heimarbeit Marmeladen und Sirupe gefertigt, kleine Ton-Schälchen getöpfert (falls das Nüsschen-Konzept doch noch mal auf alle übergreifen darf), seltene Kräuter besorgt. Der könnte ja auch mal ein paar Bilder aufhängen. Man hätte da schon was vorbereitet.

Es tut ihnen gut, sagen sie, denn sie müssten tagsüber für Fitness sorgen, damit sie noch lange physisch diesem Barhocker gewachsen seien. Jungbrunnen-Dschungel eben. Auf jeden Fall besser als sich einen Hund zu halten.

Nach zwei weiteren Drinks plane ich an der Getränke- und einer fiktiven Speisekarte mit, noch zwei und ich bin so langsam der Meinung, den Barkeeper habe ich auch schon mal wo gesehen. Der war sicher mal ein Schüler von mir. Prost, ich komme jetzt öfter.

Das musst du aufschreiben

Ein Brandenburger Traum

Dieser Text entstand in Zusammenarbeit mit Rainer Heisinger (Pseudonym), der als Architekt die nötige Sachkenntnis lieferte. Außerdem beziehe ich mich auf Aussagen des Architekten Manfred Prasser in einem MDR-Portrait.

Wendezeit, Auf- und Umbruchzeit. Alles war neu, nichts war klar. Im allgemeinen Durcheinander der Regeln und Verhältnisse wollte ein kleiner Brandenburger Ort als erstes eine neue Schule, einen schönen Bau, für die Kinder, für den Ort. Jetzt mal was mit Ästhetik und Sinn. Etwas, worauf der Ort stolz sein kann. Weil ausgefallene Planungen und die damit wahrscheinlich verbundenen technischen Probleme und Lösungen nicht unbedingt den bisher v.a. mit Plattenbau befassten Ingenieuren zugetraut wurden, wurde ein West-Berliner Architekturbüro beauftragt, das kleine Büro von Bernhard und seinen Kollegen.

Bernhard war ein 68er. Er war ein Kind aus bürgerlichem Hause. Bernhards Familie darf man sogar großbürgerlich nennen. Die Eltern hatten hohe Erwartungen an seine Karriere, hatten ganz selbstverständlich ein Studium finanziert, obwohl der doch so aufmüpfig war.

Der Jugendliche widersprach schnell und heftig den Eltern, zunehmend auch in politischen Dingen, fragte nach der Haltung in der Vergangenheit und war blank entsetzt über das Mitläufertum seines Vaters bis 1945. Seine ganze Generation setzte sich mit der Vergangenheit der Eltern und auch der Professoren auseinander. Wenn die fragwürdig war, gab es einen ordentlichen Aufruhr. Die Auflehnung richtete sich zunehmend insbesondere gegen selbstherrliche Autoritäten, gegen das Autoritäre allgemein. Man stritt, entwickelte eine starke moralische Messlatte und suchte geistige Selbstständigkeit. Zum ersten Mal wurden sogenannte preußische Tugenden in Frage gestellt, blinder Gehorsam, Untertanengeist, Hierarchie-Denken. Man übte sich in Auseinandersetzung und in Widerstand, wild argumentierend, manchmal sehr emotional. Das war eine Wende. Dieser Wind wehte nicht unbedingt bis in die Arbeiterklasse und auch nicht ostwärts.

Bernhard entwickelte „ein linkes Bewusstsein". Das hieß für ihn: Gewerkschaftsarbeit, mindestens sozialkritisch denken. Er sah persönlich und beruflich soziale Verantwortung. Er kritisierte den Kapitalismus. Der Vater war entsetzt, legte ihm aber keine Steine in den Weg. Egal, er sollte was werden, vielleicht würden sich diese sozialistischen Anfälle ja noch auswachsen. Bernhard wurde immerhin Architekt. Als solcher wollte er fortschrittlich arbeiten. An der TU besuchte er sehr interessiert einen Kapital-Kurs. Marx lesen und verstehen war angesagt.

Seine planerische Arbeit machte ihm Spaß, aber es gab natürlich auch Lästiges: Gebaut wird für den, der zahlen kann. Ständig mussten irgendwelche unsinnigen und nicht unbedingt städteplanerisch wertvollen Ansprüche der Bauherren bedient werden. Oder man wurde durch die Regelungswut in den Bauämtern behindert, durch bürokratische Zwänge, die das eigene ästhetische Empfinden brutal verletzten. Normalerweise setzt ein Planer sich immer wieder mit den Bauherren und zukünftigen Nutzern zusammen und erfragt deren sich ständig ändernde Wünsche und Bedürfnisse. Normalerweise ist das der nervigste Teil der planerischen Aufgabe. Normalerweise plant er überhaupt nur und die Bauausführung liegt in anderen Händen. Auch das kann nervig sein.

Dieses Brandenburger Schulbau-Projekt der 1990er Jahre versprach, dass für ihn ein Architekten-Traum wahr werden könnte: Ein schönes, ein funktionales Gebäude schaffen, in dem sich Kinder wohlfühlen, gut lernen können, einen sinnvollen Bau, der vielleicht ein bisschen Wahrzeichen des Ortes und dabei nicht überdimensional teuer würde. Und es war erstmal nicht besonders viel Bürokratie in Sicht.

Bei diesem Projekt gab es nicht viele Wünsche, wenig geäußerte Bedürfnisse, keine unmittelbaren Vorbilder. Die Frage, was eine Schule brauchen könnte, damit sie eine tolle Schule würde, wurde immer eher knapp beantwortet: Klassenräume eben. Und eine Turnhalle? Ja, auch. Planung **und** Bauausführung lagen in einer Hand. Und er hatte freie Hand beim Planen. Er machte sich selbst Gedanken über die Erfordernisse eines modernen Schulbaus, plante einfach eine Schulbibliothek mit ein und sorgte dafür, dass die Räumlichkeiten ggf. auch einen Zuwachs verkraften würden, dass es genug Platz gab, um künftig vielleicht noch eine Kita oder einen Hort dazu zu bauen. Er beschäftigte sich mit den Ergebnissen der Hirnforschung, soweit sie Tipps für gute Lernumgebungen gibt. Auch für Kinder spielt Ästhetik irgendwann eine größere Rolle. Die Turnhalle in der Größe einer Flugzeughalle eignete sich auch als Mehrzweckhalle, die die Schule für das Dorf öffnen würde. Rundherum wurfsicheres Glas und insgesamt ein Hingucker. Das gab es hier noch nicht. Das war toll. Erst viel später konnten die Nutzer all dieses richtig schätzen.

Dabei wurde scharf kalkuliert. Es wurden fast ausschließlich ortsansässige Firmen beschäftigt. Vermesser waren nicht verfügbar; also machten das Bernhard und seine Kollegen selbst. Sie arbeiteten Hand in Hand mit den über 100 verschiedenen Handwerkern aus der Region. Und diese waren plötzlich sehr motiviert. Es gab Herausforderungen, besondere ästhetische Ideen schafften Umsetzungsprobleme, die man gemeinsam und sehr kreativ zu lösen hatte. Das machte Spaß und man verstand sich. Es fand wahrhaft Teamarbeit statt.

In der besonderen historischen Wende-Situation hatte es zunächst einmal eine Anschub-Finanzierung für den Aufbau Ost gegeben. Viele Gemeinden hatten losgelegt, also war es auch kein Wunder, dass sehr bald das Geld aufgebraucht war. Ein halbes Jahr lang galt nun ein Baustopp. Das hatte Bernhard geahnt und frühzeitig über eine Bürgschaft dafür gesorgt, dass weiter gebaut werden konnte. Andererseits ging er damit nun auch ein ziemliches persönliches Risiko ein. Für ihn kam es mittlerweile aber darauf an, das Projekt auf jeden Fall zu Ende zu führen. Er hatte sich festgebissen.

Im Bauamt saß Frank. Dem ging es mit dem Baustopp ganz gut. Dass mittendrin das Geld zum Weiterbauen fehlte, genoss er richtig. Wenn es nach ihm gegangen wäre, hätte dieser blöde Schulbau sowieso ganz anders ausgesehen.

Frank war in Cottbus aufgewachsen. Er kam zwar nicht aus der Arbeiterklasse, aber als Sohn eines linientreuen Parteifunktionärs hatte er trotzdem studieren dürfen. Er wurde an der Bauakademie zum Architekten ausgebildet. Nach verschiedenen beruflichen Zwischenstationen landete er schließlich auf einem Brandenburger Bauamt und gehörte nun zu einer Art Mittelschicht in der Hierarchie der Mächtigen. Das hieß: Tun, was die oben sagen, und erstmal ablehnen, was von unten kommt. Bau-Genehmigungen wurden stets nach Parteivorgaben erteilt, bloß keine Schickimicki-Bauten, nicht so viel Gedöns am Bau. Das wirkt zu bürgerlich und ist auch einfach zu teuer. Wenn dann doch ein „Oberer" irgendeine Ablehnung schnell vom Tisch wischte, dann wurde dem widerspruchslos gefolgt. Warum auch nicht? Er war nicht gewillt, sich unnötigen Ärger zu machen durch unnützes Nachfragen. Natürlich begriff er sich als links, denn er vertrat den Arbeiter- und Bauernstaat und seine Partei.

Wenn Frank auf einer Baustelle erschien, wunderte er sich nicht mehr über größere Spalten im Mauerwerk, leicht schiefe Treppenabsätze und die Haufen von kaputten Klinkern, die irgendwo rumlagen. Man ging mit dem Material nicht zimperlich um und die Kosten, die das verursachte, schlugen nicht durch bis zum Bauarbeiter. Entlassen wurden sie wegen so etwas nicht und sie brauchten für die Arbeit nach Feierabend noch eine gute Portion Restenergie. Auch Frank interessierte sich nicht allzu sehr für den Schlendrian, solange die Papiere Planerfüllung auswiesen. Im Übrigen hatte auch er beim Bau seines Einfamilienhauses gelegentlich von dem Schwund einiger Materialien profitiert.

Als nun der nächste Wende-Wind wehte, wir schreiben das Jahr 1990, war er immer noch ein Behördenmann, neu-alte Mittelschicht, Gehorsam gewöhnt, v.a. Parteigehorsam. Er war zuständig u.a. für Baugenehmigungen. Nun sah er sich plötzlich neuartigen Anforderungen ausgesetzt. Er hatte in der Vergangenheit kaum besonders anspruchsvolle Genehmigungsaufgaben zu bewältigen gehabt, weil so anspruchsvoll nicht gebaut wurde. Aus ökonomischen und politischen Gründen wurden überwiegend Plattenbauten errichtet, einmal geplant, immer wieder so hochgezogen. Er bedauerte nun sicherlich nicht nur den Untergang seines Staates, sondern sah auch seinen eigenen sehr deutlich vor sich. Es galten neue Standards, Vorschriften und Maßstäbe. Er hatte plötzlich mit Architekten aus dem Westen zu tun, die ihm gehörig auf den Senkel gingen. Frank hasste dieses Argumentieren und Rumlabern und diese überkandidelten ästhetischen Ansprüche.

Bernhard, der Planer und Bauleiter, und Frank, der Genehmiger, bekamen hier nun miteinander zu tun. Da stieß links auf links. Und es knallte gewaltig. Bei Janosch fragten der kleine Tiger und der kleine Bär nach dem Weg. „Sagen Sie, Herr Fuchs, wo geht's denn hier nach Panama"?" Antwort: „Nach links." Links ist irgendwie immer richtig, wenn auch etwas ungenau. Sie wurden sich langsam zum Albtraum.

Sie betitelten sich gegenseitig als rechtes Arschloch. Sie meinten Unterschiedliches. Sie dachten sowas wie: Alter Nazi, Kapitalistenschwein, autoritäre Sau, Besserwessi, Chaot. Panama war nicht in Sicht. Und wie sagte meine Oma immer? Links ist da, wo der Daumen rechts ist. Ich wusste nur nie, welche Hand sie meinte.

Als Bernhard eines Tages mal wieder bei Frank vorsprechen wollte, murmelte dieser: „Der will jetzt schon sein Honorar!" und schlug ihm einfach die Tür vor der Nase zu. Bernhard hatte schon den Fuß drin, der die Tür offen hielt, aber nun ein wenig schmerzte. Der eine war im Argumentieren wenig geübt, bei dem anderen brach die Allergie gegen autoritäres Auftreten aus. Bei der darauf folgenden Brüllerei ging die Sekretärin vorsorglich in Deckung. Und als das nächste Zusammenkommen wegen einer weiteren benötigten Genehmigung anstand, lag schon im Vorfeld so viel Spannung in der Luft, dass die Handwerker dem Architekten Begleitschutz anboten. Der Herr Baurat könnte möglicherweise seine gefürchtete Linke ausfahren....

Frank schwankte zwischen Trotz und Angst, Ein- letztes -Mal- seine- Macht-auskosten und Nach-mir-die-Sintflut. Das Gezänk mit dem Wessi war ihm Klassenkampf. Ihm wäre ein Ende des Projekts ganz recht gewesen, egal was das Dorf dazu meinte.

Sollte er sich jetzt die Hände gerieben haben in der Vorfreude, das lästige West-Gesocks los zu sein, hatte er nicht mit Bernhards Dickköpfigkeit gerechnet. „Und wenn ich Pleite gehe, das hier gebe ich nicht auf. Aus Prinzip und um es dem zu zeigen." schwor er sich. Beide Seiten waren schon etwas festgefahren.

Architekt und Handwerker ließen die fehlende Finanzierung und den Baustopp sozusagen links liegen und machten einfach weiter. Als eine Kommission, die den Baustopp beschließen sollte, die Baustelle besichtigte, staunte sie nicht schlecht. Man war gewöhnt, weniger vorzufinden als Planung und Planerfüllung am Schreibtisch wiedergaben. Hier aber war schon das zweite Stockwerk fertig. Hieraus eine Bauruine zu machen, wäre der blanke Wahnsinn gewesen und keinem zu erklären. Schließlich wurde die oberste Stelle im Lande involviert und die wischte alle Hindernisse aus dem Weg. Alles wie früher. Das Geld kam, der Baustopp ging.

Viele kleine Genehmigungs-Zwischenschritte, die sonst immer sehr viel Zeit kosten, konnten übergangen werden in diesem Wende-Chaos. Als man keine geeignete Firma aus der Region finden konnte, wurde kurzerhand eine aus West-Berlin beauftragt und deren Preis gefährlich gedrückt. Kurze Ost-West-Irritation. Aber das alles führte zu einem irrsinnigen Bautempo. Was normalerweise vielleicht acht Jahre gedauert hätte, war hier in zwei Jahren schlüsselfertig. Das Dorf feierte ausgiebig die Einweihung und schickte die Kinder gerne in diesen Bau.

Der Wende- Anfangs- Schwung hatte viel Unmögliches möglich gemacht. Allen war aber klar, dass dies eine einmalige Situation gewesen war. Bernhard wurde später für einige weitere Projekte in der Region engagiert, stieß aber bald auf alte Strukturen, die jetzt wieder etwas fester geworden waren. Das Vakuum war beseitigt. In Brandenburger Gemeinden wurde nach alter Manier beauftragt, gebaut, verboten und genehmigt. Der Wind hatte sich gelegt.

Die Beteiligten erzählen die Geschichte vom Schulbau bis heute sehr unterschiedlich. Sie ist ihnen Traum oder Trauma. Das Dorf jedoch ist sehr stolz auf seine Schule.

Berufseinstieg

Es war mein Anfang als Lehrerin: Eine 10. Klasse, 36 Schüler, die meinem Vorgänger nachtrauerten und eine neue Klassenleiterin als Zumutung empfanden. Dazu kam ein stürmisch agierender Referendar, der unbedingt eine

Klassenreise nach Polen machen wollte. Er hatte seinen Bundeswehr-Ersatzdienst als Freiwilliger für Aktion Sühnezeichen im KZ Auschwitz absolviert, es herrschte Kriegsrecht in Polen und er als Referendar durfte so etwas nicht leiten. Aktion Sühnezeichen hatte schon etliche solcher Jugend-Fahrten in Gedenkstätten organisiert, aber nie für eine ganze Schulklasse. Natürlich nicht. Außerdem konnten wir uns nicht leiden. Tolle Voraussetzungen!

Er motivierte schon mal wild um sich herum; die Schüler fanden das Projekt spannend, der Schulleiter fing an, sich zu engagieren. Was tut man nicht alles, um Fuß zu fassen. Ich erklärte mich schließlich bereit, die Fahrtenleitung zu übernehmen. Die Vorbereitungen waren vielfältig. Politisch musste der Weg geebnet werden. Die Eltern mussten überzeugt werden von Sinn und Machbarkeit der Fahrt und die Schüler mussten inhaltlich gründlich vorbereitet werden, um auch gut mit dem umgehen zu können, was da auf sie zukam.

Es gab wilde Elternabende, an denen einige Eltern vehement für das Vorhaben eintraten, andere Türen schlagend den Saal verließen, weil ihr Kind nicht so einem Schwachsinn ausgesetzt werden sollte. Aber langsam glätteten sich die Wogen, alle Beteiligten kamen sich näher und wurden eine Front. Es war klar: wir fahren und leider fährt der Schulleiter für ein paar Tage mit, denn es ist ja ein Pilotprojekt und er muss da ein bisschen repräsentieren. Auch das noch.

Es gab grünes Licht und Sonderregelungen von oben. Alle wollten und konnten mit. Nur für einen Jungen fehlten bis kurz vor Toresschluss Zustimmung und Anzahlung der

Eltern. Die Mutter war schwer zu erreichen. „Guck mal in dem Nachtclub vorbei", hieß es. „Da triffst du sie bestimmt." Nein, für eine Junglehrerin vielleicht doch ein bisschen zu viel Einsatz. Ich erfuhr auch, dass der Junge eines von fünf Kindern war, sein Vater einer von vieren. Zehn Tage vor der Abfahrt kam er zu mir, zog ein zerknautschtes Bündel Geldscheine aus der Hosentasche und reichte es mir. Er hatte wochenlang gejobbt, um das Geld zusammen zu bekommen. Sein Vater hatte wohl auch etwas beigesteuert und die notwendige Einwilligung unterschrieben, die nun ebenso zerknautscht dabei lag.

Je näher die Fahrt rückte, desto häufiger wurde ich von Kollegen und Eltern darauf angesprochen. Ein Kollege nahm mich beiseite und raunte mir zu: „Das weiß hier keiner, aber Ihnen kann ich's ja sagen. Ich bin Jude und ich finde Ihr Projekt ganz toll." Ein Vater lud uns Lehrer zum Kaffee ein. Zu vorgerückter Stunde zeigte er uns seine Gebetsbänder, ebenfalls um Diskretion bittend.

Ich verstand die Ängste dieser Leute nicht. Der Holocaust war doch schon ein paar Jahrzehnte vorbei und wir alle hatten „Nie wieder!" auf unsere Fahnen geschrieben. Heute verstehe ich sie leider sehr gut.

Wir fuhren und hatten unseren ersten Erkenntnis-Zuwachs an der Grenze, wo wir erstaunlich reibungslos passieren durften, ein paar Kisten Orangen und ein paar Stangen Zigaretten sei Dank. Wir hatten offenbar einen sehr erfahrenen Busfahrer erwischt. Auf dem Rückweg waren Krimsekt und Kaviar der Türöffner.

Wir lernten auch sehr schnell, dass immer alle Türen abzuschließen sind. Es könnte sein, das Hotel, in dem man untergebracht ist, ist eigentlich ein Puff und draußen spricht sich sehr schnell herum, dass da Frischfleisch aus dem Westen einquartiert wurde.

Der Aufenthalt und die Arbeit in der Gedenkstätte waren für alle ungemein eindrücklich. Wir arbeiteten gemeinsam daran, alles zu verdauen, und haben uns dabei ganz gut kennen gelernt. Die Schüler waren sehr diszipliniert. Deshalb wunderte es mich, dass ich ausgerechnet einen der nettesten plötzlich mitten auf dem KZ-Gelände mit einem Stöpsel im Ohr und in Musik versunken fand. Nun erfuhr ich aber, dass er aus einer jüdischen Familie stammte und dass ihm hier erst klar geworden war, dass das so war und was seine Familie bisher vielleicht vor ihm verborgen hatte. Ich ließ ihm seine Musik.

Wir haben viel erlebt, auch Lustiges, und waren richtig gut zusammen gewachsen. Der damalige Referendar wurde ein guter Freund und der Schulleiter mein Vorbild. Seine Anwesenheit in den ersten Tagen war tatsächlich sehr hilfreich gewesen. Er hatte sich sehr im Hintergrund gehalten, Vertrauen in uns gezeigt, uns einfach machen lassen. Das muss man auch erstmal hinkriegen.

Wir waren am Ende so übermütig, dass wir trotz Kriegsrecht und Kaltem Krieg noch etwas für die Völkerverständigung tun wollten. Ausgerechnet in dem Ort Oswiecim (Auschwitz) sprachen wir den Schulleiter an und baten ihn um eine Jugendbegegnung. Dem wurde heiß und kalt und er lehnte strikt ab. Schließlich einigten wir uns doch auf ein Fußballspiel. Das ging sprachlos, war aber wirklich das I-

Tüpfelchen. Ich lernte bei dieser Gelegenheit die Deutsch-Lehrerin der Schule, Maria, kennen. Wir blieben jahrelang in Briefkontakt.

Als wir wieder zuhause waren, rief mich die Nachtbar-Mutter an, ganz einfach so. Nanu. Sie bedankte sich für die Fahrt. Sie hätte nicht gewollt, dass ihr Sohn bei etwas, das „Sühnezeichen" heißt, mitfährt, denn schließlich wäre ihr eigener Vater im KZ umgekommen. Aber nun wäre sie doch sehr froh, denn es sei doch eine unglaubliche Erfahrung für den Jungen gewesen. Das hätte sie nicht geahnt. Ich war sprachlos.

Der Referendar und ich wechselten die Schule, aber nach uns übernahmen andere Lehrer die Fahrten. Sie wurden zu einer ständigen Einrichtung an dieser und sehr bald auch an anderen Berliner Schulen. Eines Tages, der Kalte Krieg war vorbei, besuchte mich Maria, die Deutsch-Lehrerin aus Oswiecim. Aus unseren Einwegreisen waren Austauschfahrten geworden und sie war mit ihrer Klasse zu Besuch in Berlin. „Ist das nicht toll?" fragte sie strahlend. „Genau." antwortete ich und wir drückten uns fest.

Da war nichts

10. Klasse, alle waren 15 oder 16, die paar Sitzenbleiber ein Jahr älter. Mädchen waren nicht mehr doof. Jungen auch nicht. Man interessierte sich füreinander. Alle probierten sich aus. Mal gucken, wie ich wirke, Erfolge feiern, Misserfolge wegstecken, Liebeskummer, Eitelkeiten. Er nicht.

Er war sehr ernsthaft, unverspielt, zielstrebig. Humor ja, Albernheiten nein. Weil er vieles einfach nicht mitmachte und so deutlich anders war, hätte er ein Außenseiter sein können. Aber das Gegenteil war der Fall. Er war für alle eher attraktiv. Es lag nicht nur daran, dass er von kräftiger Statur und ausgesprochen sportlich war. Sicherlich war er sich seiner Kraft bewusst, nahm Erfolge und die damit verbundene Bewunderung seiner Mitschüler sehr gelassen entgegen. Das wirkte nicht arrogant. Er war sie einfach gewohnt und die anderen wohl auch. Es gab keine Kämpfe mit ihm. Auch intellektuell gehörte er zu den Spitzen der Klasse. Die übliche pubertäre Leistungsverweigerung ließ bald auch bei seinen Mitschülern nach. Seine Haltung färbte auf seine Umgebung ab. Ohne etwas dazu zu tun, zog er seine Mitschüler an. Viele Jungen bemühten sich um seine Freundschaft. Über das gemeinsame Sport treiben kamen sie allerdings nicht hinaus. Er war umgänglich, stets fair, manchmal sogar ausgelassen fröhlich, aber niemand kam wirklich an ihn heran. Es war, als lebte er in einer anderen Welt, die seine Mitschüler nicht kannten, die er auch nicht an sie verraten wollte. Niemand wusste viel mehr über seine Familie, als dass er vier Brüder hatte. Es war, als wäre eine Mauer um ihn. Oder ein Käfig ? Man fragte aber auch nicht nach.

Diese geheimnisvolle Aura zog auch die Mädchen an. Sie bemühten sich vermehrt um ihn. Sie suchten seine Nähe, versuchten sich zu verabreden. Er blieb freundlich, aber unberührt; scheinbar verstand er nicht, was die wollten. Einige bissen sich die Zähne an ihm aus. Eine nach der anderen verzweifelte an ihm, einige bekamen Wutanfälle, brüllten ihn an: Warum nicht? Was ist mit dir los? Er blickte nur kurz verständnislos auf und zuckte mit den Schultern. Die anderen Jungen verstanden die Welt nicht mehr, wenn sie seinetwegen unbeachtet blieben. Die Lehrer kämpften mit gelegentlich schlechter Stimmung im Raum oder amüsierten sich darüber.

Partys vermied er meistens, und wenn er doch mal dabei war, saß er etwas gelangweilt herum, wusste nicht recht, was er mit sich anfangen sollte, und ging früh.

Am nächsten kam ihm Lina. Sie drängte ihn nicht, sie fragte nichts, sie akzeptierte seine Distanz. Man sah die beiden immer öfter zusammen, im Schulalltag und in der Freizeit. Es wurde viel spekuliert, aha, na endlich, also schwul ist er nicht. Auch sie erfuhr nicht viel über sein Innen- und Familienleben. Sie fragte auch nichts, obwohl sie liebend gerne so vieles gewusst hätte. Er fragte auch nichts. Das fand sie zwar etwas befremdlich, aber ihr Familienleben war ihr eher peinlich, darüber wollte sie eigentlich gar nicht so ausführlich werden. Und so saßen oder spazierten sie einfach nebeneinander her, philosophierten ein bisschen oder lästerten ein wenig über besonders kindische Mitschüler. Von denen litt der eine oder andere ein wenig darunter, dass seine Bemühungen nicht bemerkt wurden und sie nur Augen für den einen zu haben schien. Die Wochenenden waren tabu. Da war er in seiner Familie beschäftigt, irgendwie. Nicht fragen.

Schulfest: Eine Gelegenheit der Paarbildung für alle. Trotz ihrer eigenen Geschäftigkeit beobachteten die anderen dieses Paar sehr scharf und schlossen kleine Wetten ab. Tatsächlich verschwanden die beiden irgendwann nach draußen. Jetzt kommt's, dachten alle.

Nichts kam. Es war kalt, sie fror erbärmlich, sie schlotterte am ganzen Leib und so entging ihr der Moment, wo er so besonders schweigsam geworden war, dann irgendwie herumdruckste, so merkwürdig vor sich hinstarrte. Mund auf, Mund zu. Sie gingen wieder hinein. Erst am nächsten Tag kam ihr der Gedanke, dass in diesem einen Moment vielleicht der Käfig etwas aufgegangen wäre, die Mauer ein Loch gehabt hätte. Was wollte er sagen oder fragen? Sie würde es nie erfahren und manchmal bedauern.

Auch nach der Schulzeit sahen sie sich hin und wieder im Freundeskreis, sprachen über ihr Studium und den Freizeitsport. Als er sie nach einer Party nach Hause fuhr, fragte sie ihn, die Hand schon am Türgriff, scheinbar beiläufig: „Sag mal, warum hat das mit uns eigentlich nie geklappt?" Er sah eine Weile vor sich hin. „Ja", entgegnete er sehr ruhig, „Du warst mir von allen wirklich am nächsten." Ein Satz wie eine Schiebetür. Zu.

Bei einer weiteren Gelegenheit erschien sie in Begleitung eines Partners. Die allgemeine Stimmung war ausgelassen, aber er war mal wieder sehr reserviert, ging früh. Zwei Tage später rief er an und kündigte seinen Besuch an. Das war noch nie passiert.

Er hielt ihr einen Vortrag über ihre zweifelhafte Moral. Sich unverheiratet in der Öffentlichkeit küssen zu lassen und überhaupt: wechselnde Partner, das hätte er nicht von ihr gedacht. Vielleicht wäre sie aber noch auf den rechten Weg zu führen. Zum ersten Mal legte er sein Inneres offen; er erläuterte seine Moralvorstellungen, seine religiösen Normen und versuchte, sie zu überzeugen. Ja, er agitierte. Er wollte sie für seine religiöse Vereinigung gewinnen, in der es sehr streng zuging. Von der hatte niemand gewusst. Die konnte und wollte er nicht verlassen. Er hätte seine ganze Familie verloren.

Sie hatte insgeheim gehofft, dass er eigentlich aus Eifersucht einen etwas verspäteten, panischen Versuch machen würde, ihr seine Zuneigung zu gestehen. Sie wäre sicherlich immer noch dahingeschmolzen und hätte sich auf ihn eingelassen. Vielleicht war dieser Vortrag ja auch der größtmögliche Annäherungsversuch. Aber jetzt war sie entsetzt, beleidigt, wütend. Es wurde ein unschönes Streitgespräch und es endete kühl. Ihr fehlte jegliches Verständnis.

Er ging, man sah sich nicht wieder. Auch zu allen anderen brach er den Kontakt ab. Man hörte, dass er innerhalb seiner kirchlichen Gruppierung geheiratet, eine Familie gegründet hatte. Sie wurde irgendwann einmal verschämt gefragt, „Sag mal, war da eigentlich was zwischen Euch?" – „Nein", sagte sie, „da war nichts."

Jahrzehnte später trafen sie sich zufällig. Er kam erstaunlich erfreut auf sie zu, sie erzählten sich ein wenig ihr Leben. Es hatte einige Schicksalsschläge und Krisen gegeben. Als sie sich verabschiedeten, sah sie ihm lange nach und ließ einer einsamen Träne ihren Lauf. Er wirkte so traurig, so erschöpft, so eingesperrt. Nicht mehr unnahbar, sondern einsam. Nicht wie der Fels in der Brandung, als der er in jungen Jahren allen immer erschienen war.

Finger verbrannt

Tobi, Jan, Cem und Mehmet waren allerbeste Freunde. Zwei Türken, zwei Deutsche, vier Berliner Jungs. Alle sehr hübsch, auf unterschiedliche Weise attraktiv für Mädchen, Tobi lang und dünn und etwas zart, Cem ein wirbliger kleiner Clown, Mehmet ein sehr ernsthafter türkischer Teddybär und Jan ein charmantes Großmaul.

Da es an dieser Schule nicht sehr viele Türken gab, nahm man sie als solche gar nicht wahr. Die doppelte kulturelle Zugehörigkeit, die Mehrsprachigkeit der Türken und ihre besondere Leistung im ständigen Kulturwechsel waren kein Thema. Sie waren so sehr kein Thema, dass jahrelang niemand mitbekam, wie quälend es war, dass die Klassenarbeiten mit schöner Regelmäßigkeit auf das muslimische Zuckerfest fielen. Was ist denn das überhaupt für ein ulkiges Fest? Was habt Ihr, Ramadan? Was macht Ihr denn da? Na, Ihr könnt doch aber trotzdem Sport machen und ein bisschen abfeiern.

Die beiden Türken erklärten und man kam zu der Erkenntnis, dass es so ungefähr dem christlichen Ostern entspricht: längeres Fasten, dann reinhauen, der religiöse Inhalt ist nicht immer wichtig, aber es ist ein wichtiges Familienfest. Und wenn man nichts gegessen und getrunken hat, ist ein 1000m-Lauf nicht so richtig toll. Tagsüber keine Nahrung, abends keine Zeit zum Feiern wegen der Nahrungsaufnahme im größeren Rahmen. Man stellte fest: Christliche und muslimische Feiertage und Gebräuche sind manchmal gar nicht so weit auseinander, wie man denkt.

Die Abschlussprüfungen kamen näher. Als man auf der Suche nach einem Thema für eine Gruppenprüfung war, kam der Gedanke auf, sich noch intensiver mit dem Vergleich religiöser Feiertage zu befassen. Die Lehrer waren begeistert. Ein interessantes Thema. Mit Bezug zur eigenen Lebenswelt. Man staunte über die Parallelen der Religionen. Es lief gut. Dann kamen die Ferien.

Am ersten Schultag standen die Vier sehr blass und betreten vor ihrem Lehrer und erklärten ihm, dass sie diese Prüfung auf keinen Fall mehr gemeinsam machen könnten. Unmöglich, geht gar nicht.

Die Eltern hatten durchaus bemerkt, dass die Vier sich nicht mehr trafen, sie fanden das schade, aber eine Erklärung hatten sie nicht. Es wurde viel herumgedruckst, die Klassenkameraden und Lehrer redeten verzweifelt auf die Jungs ein. Was war denn bloß passiert?

Schließlich kam heraus, dass sich tatsächlich Jan und Cem in dasselbe Mädchen verguckt hatten, Tobi und Mehmet in deren Freundin. Ines und Sabine waren in der Klasse das allgemeine Objekt der Begierde und hatten sich nun doch tatsächlich auf diese beiden eingelassen, sich parallel und kreuz und quer mit ihnen verabredet und deren Zuneigung nicht nur sehr genossen, sondern auch unter ihren Freundinnen breitgetreten. Als sie die Verabredungen mit dem jeweiligen Türken platzen ließen zugunsten seines deutschen Freundes, kam das heraus, es knallte ganz furchtbar und die Jungs hatten Kummer. Sie waren sauer aufeinander, nicht auf die beiden Hexlein.

Warum waren sie aber nicht einfach nur sauer, warum war das so tiefgreifend? Weil sich die beiden Türken den Betrug und den Streit damit erklärten, dass sie Türken waren. So vieles an ihnen war bislang nicht wahr- und angenommen worden, dass sie diese besondere Empfindlichkeit entwickelt hatten. Cem war anhaltend schweigsam. Irgendwann sagte er: „Nun ist es doch passiert". „Was, Cem, was ist passiert?" Er hatte sich so integriert gefühlt und so unter Gleichen, er hatte sich mit einem deutschen Mädchen eingelassen statt mit einer Türkin. Und dann das. Was für ein Fehler. Mädchen sollten nicht so mit den Jungen spielen. Ab jetzt nur noch Türkinnen.

Die tagelangen, intensiven Versöhnungsbemühungen der Mitschüler und Lehrer unter dem Motto „Frauen kommen und gehen, Freunde bleiben." führten letztlich aber doch dazu, dass die Prüfung in dieser Gruppe abgelegt wurde, und das dann ausgesprochen erfolgreich.

Man war wieder versöhnt, fand nun gemeinsam die Mädels blöd und man hatte wohl noch mehr dazu gelernt, denn nun wurde allen erklärt: Das geht doch nicht. Wir feiern Ostern doch auch ausgiebig, dabei sind wir noch nicht mal religiös. Ja, an religiösen Feiertagen hat man sogar das Recht auf Schulfrei. Es wurde nun auch bei der Schulleitung durchgesetzt, dass diese Tage frei von Klassenarbeiten blieben und dass die Türken schulfrei hatten.

Die beiden Mädchen ließ das alles kalt. Sie hatten ihre Aufmerksamkeit längst auf andere Ziele gerichtet: einen etwas älteren Frauenhelden der Oberstufe. Der drehte den Spieß ordentlich um und sie waren bald nachhaltig verfeindet.

Ein Tisch fürs Leben

Meine Eltern hatten diesen Esszimmertisch sehr lange. Er stand vor einer Wand, in die ein Aquarium eingebaut war, das aussah aus wie ein gerahmtes Bild und nur von der Rückseite, also aus dem Bad, zugänglich war. Das war der Einrichtungsbrüller der 60er Jahre. Der Tisch war aus glattem, dunklem Holz, rund, ausziehbar und dann oval und für etliche Fest- und Familienessen geeignet. Eigentlich wurde er auch nur benutzt, wenn Gäste kamen. Dort saß man nur zu besonderen Anlässen. Dann wurde auch das bessere Geschirr herausgeholt. Als meine Eltern umzogen, leisteten sie sich allerdings einen neuen Tisch.

Ich fand den neuen hässlich, das gedrechselte Eichenholz spießig und den alten viel besser. Aber mir konnte ja egal sein, was meine Eltern sich ins Wohnzimmer stellten, denn ich zog gerade aus. Mein Freund Norbert hatte eine 1-Zimmer-Wohnung im Wedding ergattert und wir freuten uns auf eine eigene Behausung, auch wenn sie ziemlich klein und dunkel war.

Da wir weder Geld noch Möbel hatten, bauten wir uns aus großen Styroporkisten und ein paar alten Matratzen ein Sofa. Aus Orangenkisten wurde ein Bücherregal und wir erbten den alten Tisch meiner Eltern. Er war unser bestes Stück. Da wir keine Stühle hatten, schnitten wir ein gutes Stück der Beine ab. Das war Styroporkisten-kompatibel.

Als wir ein Jahr später in eine etwas größere Wohnung zogen, bekam der Tisch wieder längere Beine und wurde Küchentisch. An ihm konnte nun ausgiebig mit Freunden getafelt oder Karten gespielt werden. Ein Freund vererbte uns noch ein lila Sofa, auf dem man nicht sehr bequem saß, das aber für studentische Verhältnisse ungemein vornehm war. Es hatte einen Hauch von Jugendstil.

Wenn man es von unten mit Kissen vollstopfte, fiel die Abwesenheit von Sprungfedern oder Polsterung nicht so auf. Mein Freund zog irgendwann aus und ließ beides da. Einige Jahre später zogen wir gemeinsam in eine WG und die beiden Möbelstücke kamen natürlich mit. Da die Tischplatte mittlerweile schon sehr gelitten hatte, war sie stets mit irgendwelchen Tischdecken bedeckt. Die Palette reichte von weißen Laken bis zu gebatikten Seidentüchern.

Als Familien gegründet wurden und alle eigene Wohnungen und Häuser bezogen, trennten sich Sofa und Tisch. Norbert zog ganz in unsere Nähe und nahm den Tisch mit. Im Lauf der Jahre verlor er allerdings an Bedeutung: er wurde erst Gartentisch, dann eine Ablage im Keller. Meine Kinder verliebten sich in das lila Sofa und bespielten es von unten. Sie entfernten das Stopfmaterial und füllten den Hohlraum mit Stiften und Malpapier aus. Sie spielten dort „Büro", während ich mit Klausurstapeln am Schreibtisch saß. Noch Jahre später entfielen dem Sofa Schreib- und Malutensilien.

Dann gab es bei uns endlich ein neues Sofa, denn wir wollten auf so etwas auch mal sitzen können und jetzt hatten wir das Geld dazu. Das lila Sofa zog zu Norbert. Das Aufpolstern des Sofas wäre unvertretbar teuer geworden, also blieb es, wie es war, etwas marode. Auch er hätte sich ein neues Sofa leisten können, aber er hing an diesem. Zumindest optisch passte es gut rein. Heiner lag bevorzugt auf diesem lila Sofa und wehrte sich vehement gegen alle Vorwürfe, es sei mit schuld an seinen Rückenschmerzen. Besuch wurde auch gerne darauf platziert und man erinnerte sich gemeinsam an studentische Tage. Er dachte vielleicht auch daran, es eines Tages an die befreundeten Kinder zu vererben.

Als Norbert starb, mussten wir seinen Haushalt auflösen. Etwas wehmütig beförderten wir Tisch und Sofa auf den Sperrmüll. Eine Epoche schien damit zu Ende gegangen zu sein.

Als ich abends noch einmal einen letzten Blick auf den Sperrmüllberg werfen wollte, konnte ich erfreut zur Kenntnis nehmen, dass Sofa und Stuhl höchstwahrscheinlich ein neues Leben haben würden. Ein junges Pärchen, wahrscheinlich Studenten, war gerade dabei, die beiden Möbelstücke auf einen Kleintransporter zu laden. Zurück blieben ein paar Buntstifte, die wohl noch aus dem Sofa gefallen sein mussten.

Gastfreundschaft

Wir hatten gerade unseren Lebensabschnitt Ausbildung beendet. Umbruch, Neuanfang, dazwischen eine Lücke. Noch kein Geld, aber mal mehr Zeit und der Wunsch nach besonderen Erfahrungen, bevor der Berufsalltag uns einholt.

Wir fuhren in einem klapprigen VW-Variant mit Zelt und Camping-Kocher von Berlin bis Nordafrika und dort durch den Maghreb. Das war 1980, eine solche Tour wäre heute undenkbar. Von all den Eindrücken, die wir in Italien, Tunesien und Algerien, von Oase zu Oase tingelnd, im Ramadan so sammeln konnten, ist mir ein Abend in den Ausläufern des Sahara-Atlas-Gebirges am nachhaltigsten im Gedächtnis geblieben.

Wir hatten es nicht geschafft, bis zum Einbruch der Dunkelheit einen Campingplatz oder einen Ort zu erreichen und schließlich beschlossen wir, einfach ein paar Meter von der Straße weg im Auto zu übernachten. Wir standen auf einem Berg, kahle Gegend, weit und breit kein Haus, kein Mensch. Der Boden war zu steinig und wir zu müde, um das Zelt aufzubauen. Wir waren eigentlich auch zum Kochen zu müde, aber irgendwas muss ja rein. Also Campingkocher an, Büchse auf, Taschenlampe draufhalten.

Wir waren irrsinnig erschrocken, als es plötzlich neben uns leise raschelte und aus dem Nichts wie da hingeblitzt zwei Kinder vor uns standen. Sie hatten zwei große Messing-Tabletts auf den Berg jongliert, hielten sie uns hin und bedeuteten uns ganz entschieden, unseren Campingkocher auszumachen. Nix Büchsenfraß, jetzt gibt es was Richtiges.

Vor uns standen mehrere Schalen mit lauter arabischen Köstlichkeiten. Die zwei Jungen hielten die Taschenlampe aufs Essen und bewachten unser Mahl, bis wir aufgegessen hatten. Dann verschwanden sie so still und leise, wie sie gekommen waren. Wir riefen noch einen überraschten Dank hinterher und fingen gerade an, unsere Verwunderung in Worte zu kleiden, als die beiden plötzlich wieder vor uns standen. Kleineres Tablett. Teegläser. Viel Zucker. Oje, so viel Kultur auf diesem vermeintlich einsamen Berg.

Langsam, langsam dämmerte uns: Der Berg war wohl doch nicht so einsam. Wir waren im Ramadan. Bei Sonnenuntergang wird getafelt und da werden auch Gäste ordentlich bewirtet. Der Bauer hatte uns gesehen, aber nicht in sein Haus eingeladen. Wie klug- wir hätten keine gemein-

same Sprache gehabt, wir hätten uns kaum für die Gast-
freundlichkeit angemessen bedanken können. Man hätte
uns aber womöglich kaum wieder in eine Nacht auf den
Berg entlassen können. Vielleicht wollte er uns auch einfach
keinen Einblick in sein Haus oder sein Familienleben geben.
Auch die politischen Umstände in Algerien ließen es nicht
geraten erscheinen, zu viel und zu deutlich Kontakt zu Touristen zu haben. Wir krochen angenehm satt in unsere
Schlafsäcke im Auto.

Am nächsten Morgen kam die Rechnung. Es wurde früh
hell, aber wir schliefen noch und wurden von einer johlen-
den Kinderschar geweckt, die Touristen gucken kamen. Zer-
knitterte Westmenschen, eine unverschleierte Frau, das war
bester Fernseh-Ersatz. Auch das war eine Erfahrung. Also:
Augen reiben, aus dem Schlafsack pellen, freundlich lä-
cheln, ein paar Bonbons und Buntstifte verteilen und nichts
wie weg ins nächste Abenteuer.

Ich habe in letzter Zeit oft über das richtige Verhältnis von
Gastfreundschaft und Distanz nachgedacht. Wo so unterschiedliche Kulturen kurzfristig aufeinanderstoßen, ist Distanz für alle Beteiligten ganz angenehm. Man lernt sich so
schnell nicht kennen und kann eigentlich nur gaffen wie die
Kinder am nächsten Morgen. Die Gastfreundschaft muss
darunter ja nicht leiden. Merkt Euch das, Touristen!

Same Procedure as Last Year – eine (fast) wahre Geschichte

Es ist wieder soweit: Die jährliche Angeltour steht an. Sowas muss gründlich vorbereitet werden, denn es geht ja nicht allein um Fische.

Rolf hat schon vor Monaten die Unterkunft besorgt, was nicht so einfach ist, denn sie muss besonderen Ansprüchen genügen: Nah am Wasser muss sie sein, am besten mit Steg, geeignet für eine größere Gruppe, für Zelte und für ein Lagerfeuer und die unmittelbare Umgebung, v.a. der Vermieter, muss über eine gewisse Toleranz für Lärm, Dreck und Chaos verfügen, eigentlich schmerzunempfindlich sein. Was ja relativ ist.

Rolf hat auch wie immer gefragt, wer denn nun mitkommt, vielleicht noch jemanden mitbringt und ob die Unterkunft ok ist. Wie immer kommt natürlich nur gelegentlich und von hier oder da ein zerstreutes „Weiß noch nicht" oder „Mal sehen". Die Jüngeren melden sich, wenn überhaupt, dann in letzter Sekunde an. Rolf kennt das und bucht einfach für alle und am Ende sind natürlich wie immer alle dabei und bringen auch noch jemanden mit. Auch neu erworbene Freundinnen kommen auf die Idee, mitfahren zu wollen, weil dies ja keine reine Männerangelegenheit ist. Töchter fahren doch auch mit. Es klingt immer so spannend und sie sind neugierig. Die Freundinnen hören dann gerade von den Töchtern aber ein empörtes „Nee, Frauen gehen da gar nicht." „Na wie, seid Ihr keine Frauen?" - „Nein, wir sind Kinder. Das ist Kinderangeln." Seit Jahrzehnten. Und deshalb bringen die Töchter und Söhne bereits die ersten Enkel mit, sobald sie laufen können, egal ob männlich oder weiblich, aber natürlich nie und nimmer ihre Partner oder Partnerinnen.

Ganz wichtig ist die Ausrüstung. Obwohl im Prinzip alle über eine umfangreiche Ausrüstung verfügen, tauscht man sich wochenlang über die geeignete Angel, die erfolgreichsten Rollen und Vorfächer aus. Angelzeitschriften und Kataloge werden gewälzt. Dort wird ein neues Köfi-System (Köderfische) als Waffe für Hechte empfohlen. Nicht zu vergleichen mit Kukö (Kunstköder). Einer nach dem anderen stößt wie einen Seufzer den Jahreszeit-üblichen Satz aus. „Ich muss nochmal in den Angelladen." Oder „Habe jetzt nochmal diese Super-Köder bestellt."

Ein paar Tage vor der Abfahrt wird verabredet, wer was mitbringt für das leibliche Wohl. Jens ist zuständig für die Getränke, was v.a. mehrere Kästen Bier, also einen Anhänger bedeutet. Hat Jens. Einen Grill hat er auch und er ist dafür berühmt, dass er diesen auch immer wieder sauber macht. Echt besonders, der Mann. Uwe kann Frühstück: mehrere Büchsen Bohnen, Zwiebeln, Eier, Speck für vier Tage. Vier Tage lang jeden Morgen zünftiger Fraß. Die Bohnen müssen quellen, hier gibt's nicht so einen verwöhnten Büchsenfraß. Konrad sorgt für Grillfleisch und Würstchen, denn man möchte sich doch nicht auf den üppigen Fischfang verlassen. Konrad hat da ganz besondere „Konnecktschens". Überhaupt wird es viel mit Bohnen und Zwiebeln geben. Macht nichts, denn an der frischen Luft und im Wind auf dem Boot sind die Folgen leichter zu ertragen.

Apropos Boot: Horst nimmt sein Boot mit, aber der Motor tut's grad nicht mehr so. Soll doch Fredi mal noch einen Vergaser besorgen und einen neuen Benzinschlauch. Der hat doch auch „Konnecktschens".

Der Countdown läuft. Einen Tag vor Abfahrt wird gepackt. Das sieht aus wie ein Umzug und verursacht mitunter häusliche Zerwürfnisse. Von Kanistern, Kühlaggregaten, Plastiktüten, Tupper-Schüsseln, Gewürzen, Schlafsäcken, Kopfkissen und Sonnencreme können offensichtlich nur die Ehefrauen wissen, wo sie zu finden sind. Diese fiebern immer intensiver dem Moment der Abfahrt entgegen.

Die Jugend sieht alles eher gelassen, sie wird nach Feierabend nachkommen und dann dort immer noch verpflegt, fest und flüssig. Muss auch nicht mehr nur Cornflakes mit Fanta sein. Die, die schon verdienen, bringen den Schnaps selber mit.

Ein paar Stunden Fahrt und dann volle Hektik. Wir wollen doch heute noch raus auf den See. Fürchterliche Erkenntnis: Angelköder vergessen. Rolfs Sohn anrufen. Der muss Köder mitbringen. Dann wird sehr bald klar: Die Batterie ist im Eimer. Willis Sohn anrufen: Bring mal eine zweite Batterie mit. Gerade noch rechtzeitig wird bemerkt, dass der vorsorglich mitgebrachte Benzinkanister leer ist. Irgendwen anrufen.

Die „Kinder" genannten Jungmenschen trudeln ein, liefern das georderte Zeug ab, regeln die Arbeitsteilung bei der Aufsicht und Betreuung der Allerjüngsten und setzten sich mit einer Flasche Rum ans Wasser. Früher war das anders.

„Papa, meine Angelschnur ist schon wieder verheddert." O-
der Luis übt das Auswerfen und der Haken landet in Kurts
Backe. Lange her. Jetzt reden sie nur noch vom betreuten Se-
nioren-Angeln, sitzen da und wissen: Das wird jetzt bestes
Kino. Die Väter bauen am Motor rum, bauen Angeln auf
und packen dann sicherheitshalber noch ein paar Ruder ins
Boot. Man weiß ja nie. Beim Einbau der Batterie kracht es
leicht. Eine Angelspitze ist abgebrochen.

Leider die beste. Lag wohl dumm rum. Muss man eben
die zweitbeste nehmen. Das ist nicht neu, jedes Jahr geht irgendwas kaputt. Und irgendwas ist mit dem Boot, die kommen gar nicht richtig voran. Wasser im Boot, weil der Stöpsel nicht eingestöpselt war. Stöpsel suchen, Stöpsel rein,
Wasser raus. Endlich geht es los. Nein, die kommen nochmal zurück. Köderfische vergessen.

Zwei, drei Stunden später kommen sie wieder zurück. Es
musste doch gelegentlich gerudert werden. Sie steigen etwas ramponiert aus dem Boot und rufen im Chor nach einem Bier, den Frust wegspülen. Die Jugend kann nur noch
etwas undeutlich „Schtehd da hinnen" und so was wie „Wie
hamm Hunga" sagen.

Wer macht den Grill an? Uwe nicht, denn der sucht noch
immer am Ufer nach seiner Brille. Wird nichts, nicht nur,
weil es schon dunkel wird. Rolf opfert sich, ein Feuerchen
fängt an zu rauchen. Grillzange vergessen, macht nichts,
denn Uwe packt einfach auf den Grill und wendet alles mit
seinen Schlosserhänden. Kein Ding. Was als Zatziki gemeint
war, stand länger in der Sonne. Der wird aber nur warm,

nicht schlecht, denn es handelt sich eigentlich um Knoblauchmus mit etwas Quark. Zünftig. Wenn das alle essen, geht es ja.

Später am Lagerfeuer nickt jeder kurz mal ein, reagiert aber stets auf Zuruf ziemlich spontan mit „ Bin voll da". Uwe wird oft von alleine wach, denn er hat so lange Beine, dass sie immer wieder in die Glut ragen. Die Schuhe rauchen dann ein bisschen, er sagt „Auauau", zieht sie etwas zurück und schläft wieder ein.

Es ist gemütlich, man quatscht sich das vergangene Jahr vom Leib und blödelt einfach rum. Wenn jetzt eine Mücke zusticht, ist sie gleich besoffen.

Trotz aller Lagerfeuerromantik ist man schließlich doch bemüht, zu einem möglichst günstigen Zeitpunkt schlafen zu gehen. Nicht zu früh, man muss erst mal abwarten, wo Konrad landet. Der schnarcht noch viel furchtbarer als alle anderen, so dass keiner neben ihm liegen will. Nicht zu spät, sonst ist kein anderer Schlafplatz frei als der neben Konrad.

Nach zwei Tagen kommen Spaziergänger vorbei, frisch eingetroffen. See angucken. Der Wind trägt einen Hauch von Seifengeruch rüber, geduschte Menschen. Ekelhaft. Wir duschen nicht, keine Zeit, wir angeln. Das ist hier Natur. Und zünftig.

Beim Einpacken werden in der Regel Sachen vertauscht, die man dann zuhause wochenlang zurücktauschen muss. Fisch ist gottseidank nicht zu transportieren. Das Auto würde dann ja so stinken. Die ausgekippten Köder sind schlimm genug.

Zuhause wird der Mann möglicherweise mit der freundlichen Frage empfangen: „Na, was gefangen?" oder noch schlimmer „Was habt Ihr denn gefangen?" Der Gatte knallt dann ein Päckchen selbst gekauften Fisch auf den Küchentisch und mit einem in den Vier-Tage-Bart gemurmelten „Taktlose Frage" verschwindet er in der Dusche. Und bevor er erschöpft auf dem Sofa einschläft, wird er überflüssigerweise gefragt: „Und wie war's?" - „Schön war's. Die Natur und das Angeln und so. Nächstes Jahr auf jeden Fall wieder. Vielleicht."

Fundstücke

Nur Augen für dich

Im Borgsdorfer Abendblatt erschien am 30. Februar letzten Jahres folgender verzweifelter Aufruf:
Liebling,
ich vermisse dich so. Du warst mir alles. Im Straßenverkehr sah ich nicht hoch, nicht links, nicht rechts; ich hatte nur Augen für dich. Saß ich mit einer Freundin im Café und du riefst mich, war ich sofort für dich da. In der Nacht lagst du immer nah bei mir. Ja, auch in der Nacht ließ ich mich stets ohne Zögern von dir wecken. Selbst wenn du nicht nach mir riefst, warf ich immer wieder einen Blick auf dich. Ich wurde zunehmend von selbst wach, weil du ja hättest rufen oder blinken *können*. Gabst du längere Zeit nichts von dir, wurde ich ganz unruhig.

Wenn ich dich um leise Töne bat, zeigtest du mir dennoch durch ein heftiges Zittern, dass du noch bei mir warst. Und ich war natürlich in Gedanken dann auch bei dir. Du warst ja auch stets für mich da. Wenn ich z.B. schnell mal ein Foto machen wollte - und das wollte ich oft. Du hast das dann auch gut aufbewahrt. Du weißt alles über mich. Jedes kleine Detail meines Lebens habe ich dir mitgeteilt und du hast dir alles gemerkt. Du warst stets für mich da. Hatte ich etwa Lust auf Musik, hattest du sofort etwas Passendes im Angebot und ich im Ohr. Du hast so super zwischen meinen Freunden und mir vermittelt, dass ich sie schon gar nicht mehr zu sehen brauchte. Dank deiner Fotos weiß ich aber sogar noch, wie sie aussehen.

Du hast ihnen alles Wichtige und vielleicht auch Unwichtige über mich mitgeteilt, Tag und Nacht. Gab es mal keine Nachrichten von ihnen, haben wir ausgiebig die schönsten Spiele gespielt. Du bist darin ja unermüdlich und hast immer wieder ein neues Angebot gemacht.

Ich brauchte nicht unnötig aus dem Fenster zu sehen, um zu sehen, wie das Wetter ist. Du hast mir ziemlich zuverlässig mitgeteilt, dass es regnet oder gerade schon 25 Grad warm ist. Dass ich in Rechtschreibung sehr schwach bin, hat dir nichts ausgemacht, du hast entweder darüber hinweggesehen oder mich stillschweigend und liebevoll korrigiert. Ich musste mir nichts mehr merken. Adressen, Namen, Telefonnummern - du wusstest alles. Du hast mir den Weg gezeigt, den manche Leute mühsam selber finden und sich gar merken müssen. Du warst so voller Apps!

Es gab Zeiten, wo mir dein Gepiepe und dein Gezappel schon auch etwas auf die Nerven ging. Kaum fing etwas an, riefst du dazwischen. Wie oft wurde ich in meinen Gedankengängen unterbrochen. Richtig übel konnte ich es dir nicht nehmen und ich habe mich auch nie von dir entfernt. Gut, manchmal warst du ganz schön alle, dann habe ich dir wieder Kraft gegeben.

Du warst mein Leben und nun bist du fort. Ich habe dich verloren. Oder hat dich jemand entführt? Du fehlst mir, du bist unersetzlich. Du bist mir nie zu teuer. Bitte komm zu mir zurück!

Zweckdienliche Hinweise oder gar das Fundstück bitte an die Redaktion unter dem Stichwort: Handy

Der Ziegenfellmantel

Ich lästere nicht mehr über Hipster mit Hochwasserhosen, Rauschebärten und seltsam bedruckten T-Shirts, seit ich wieder auf das Jugend-Foto von mir in diesem Ziegenfellmantel stieß. Mein Gott, war der hässlich!

Er war das erste teurere Kleidungsstück, das ich mir von eigenem Geld und zum blanken Entsetzen meiner Eltern kaufte. „Ist doch schön warm", sagte ich und genoss ihren Abscheu gegen das aufgestickte bunte Blumenmuster. An den Rändern quollen Fellhaare heraus. Das Fell war ja innen. Die Hippy-Bewegung war schon eine Generation vor mir passiert, daher fühlte ich mich so gekleidet etwas erwachsener. Als ich meine ehemalige Schulkameradin Rosemarie traf, war erfreulicherweise auch die schockiert. „Was hast du denn da an? Ist ja scheußlich! Siehst ja total nach Studentenprotest aus." rief sie. Rosemarie war schon immer eher artiger Natur.

Ich trug diesen Mantel jahrelang. Auch als ich einen neuen hatte, wollte ich mich nicht so recht trennen. Ich packte den Ziegenfellmantel zu einigen anderen ausrangierten Dingen auf den Hängeboden im Flur und vergaß ihn. Als ich auszog und alles ausräumen musste, fiel er mir wieder in die Hände. Ich wollte gerade nostalgisch werden oder mich wenigstens über meine jugendlichen Anwandlungen ein wenig lustig machen, da merkte ich, dass er völlig pulverisiert war. Eine Mottenschar hatte ihn zerlegt. Mit einem Lackledermantel wäre das nicht passiert! Liebe Hipster, Ihr müsst Euch entscheiden: überlebte Klamotten entsorgen oder Mottenkugeln dazu legen.

Der rote Zopf meiner Schwester

Frauen wie Männer in unserer Familie haben, höflich ausgedrückt, feines Haar. Nicht so meine Schwester. Sie hatte schönes dichtes Haar, mit dem sie machen konnte, was sie wollte. Es saß immer gut und es war knallrot. In der Schule wurde sie deshalb nicht geärgert, schon mal, weil sie gar keine Schule besuchte. Sie war ein Kriegskind, ihr Vater war gefallen. Sie landete mit unserer Mutter in polnischer Gefangenschaft und lernte dort das Eier Stehlen, polnisch Sprechen und wahrscheinlich noch einiges mehr. Darüber hat sie später kein Wort verloren.

Als die beiden meinen Vater heirateten, war sie schon das, was man einen Backfisch nannte: etwas pausbäckig, etwas pubertär eigenwillig und die roten Haare trug sie in einem langen, dicken Zopf. Ich war noch zu klein, um mich daran zu erinnern. Ich kenne ihn nur von Bildern. Meine Erinnerung fängt etwas später an.

Da ich so viel jünger war als sie, betrachtete sie mich wohl eher wie eine zweite Mutter denn als Schwester. Ich sie auch. Allerdings verfolgte ich sehr gespannt, was sie mit zunehmendem Erwachsenwerden so anzog und tat. Das war sehr viel spannender als bei meiner Mutter. Petticoats und weite Röcke, sehr spitz zulaufende Schuhe mit schwindelerregend hohen Pfennigabsätzen. Für sowas braucht man einen Waffenschein, sagte mein Vater.

Der Zopf kam ab. Sie verstaute ihn in einer Plastiktüte und tat ihn in ihren Schrank. Dann fuhr sie nach Italien. Das war Ende der 5oer Jahre ein unglaubliches Unternehmen für eine junge Frau. Sie schickte ein paar bunte Postkarten aus der wilden Ferne und als sie wieder da war, zeigte sie uns, wie man Spaghetti isst: mit Löffel und Gabel aufrollen, sehr exotisch. Es kamen zwar eine Zeit lang noch Liebesbriefe aus Italien an die Signorina, aber dann heiratete sie recht bald einen Berliner. Sie arbeitete unermüdlich daran, die fehlende Schulbildung nachzuholen. Ein schwieriges Unterfangen, sie wurde dieses Gefühl des Mangels nie ganz los. Aber es war klar, dass man sich mit ihr nicht anlegte und dass sie beim Streiten die besseren Argumente hatte, gut informiert war und überhaupt wusste, was sie wollte.

Zu dieser Zeit betrachtete man es als ausgesprochen überflüssig, dass Mädchen ein Abitur machten oder gar studierten. Das galt auch für mich. Ihrer Unterstützung gegen meine Eltern habe ich meinen Schulabschluss zu verdanken. Bildung ist wichtig, sagte sie. Zum Geburtstag schenkte sie mir Wimperntusche. Das war ungeheuerlich.

In ihrem Hochzeitskleid sah sie hinreißend aus. Ihr Haar schimmerte in jetzt etwas milderem Rot durch ihren Schleier. Ich fand es prima, dass sie heiratete, denn nun bekam ich ihr Zimmer. Dort fand ich noch ihren roten Zopf. „Den kannst du jetzt wegwerfen", sagte sie. Das tat ich nicht.

Sie wurde dann bald sehr krank. Das Rot wandelte sich zu Dunkelblond. Als sie starb, gab mir ihr Mann ihren Schmuck. Auch den trage ich nicht, aber ich hüte ihn sehr. Und den roten Zopf auch. Nach jeder bestandenen Prüfung sehe ich sie mir an.

Geschenke

Ein Weihnachten ohne Geschenke finden wir öde. Das kommt überhaupt nicht infrage. Aber man muss auch sagen, dass das Schenken in unserer Familie nicht leicht ist.

Wir treffen nicht unbedingt den Geschmack unserer Kinder, haben einfach keine Ahnung, was cool ist. Tickets können auf Terminschwierigkeiten stoßen oder Geschmacksverirrung verraten. Wir weichen immer öfter auf Gutscheine aus. Ein Gutschein für eine Massage, eine Stadtführung, einen Klamottenladen, einen Restaurantbesuch. An unserem Mitteilungsbrett in der Küche hängen einige Gutscheine, die immer älter werden und eigentlich längst vergessen sind. Es kam halt immer etwas dazwischen.

Für meinen Mann z.B. kann man sich ausdenken, was man will, und alles geheim halten; er kauft sich zwei Tage vor Weihnachten genau dies. Mit allem, was auch nur im weitesten Sinn mit Angeln oder Sport zu tun hat, liegen wir sowieso immer daneben. Weil unsere Geschenke so oft schief liegen, hat er beschlossen, sich sicherheitshalber stets auch selbst etwas zu schenken. In einem Jahr fiel uns ein besonders pfiffiger Kompromiss ein. Er kauft sich selbst das Filetiermesser, das er sich wünscht und ich muss es verstecken, damit es zu Weihnachten schön verpackt als Überraschung daherkommen kann.

Nun bin ich im Verstecken Meister. Sagen wir mal, ich kaufe Schokolade und die Kinder sollen die nicht gleich statt des Abendbrots essen, dann verstecke ich die an den unwahrscheinlichsten Orten im Keller. Wenn ich dann meine, jetzt ist der richtige Zeitpunkt für ein Stück Schokolade, stelle ich jedoch oft fest, dass die natürlich schon wieder gefunden und angeknabbert wurde. Bisher haben die Kinder immer alles, was sie nicht finden sollen, zügig ausfindig gemacht.

Dieses Messer allerdings hatte ich so gut versteckt, dass ich es dann kurz vor Weihnachten nicht finden konnte. Auch die Kinder, die ja meine Verstecke besser aufspüren konnten als ich selbst, fanden das Messer nicht. Es half alles nichts, ich musste meinem Mann beichten, dass es in diesem Jahr mit einem Weihnachtsgeschenk wohl nichts werden würde. Er hatte mitnichten vergessen, worum es sich handelte, und stürmte los, um ein neues Messer zu besorgen. Es war schon dunkel, die Geschäfte kurz vor der Schließung, er hatte es natürlich eilig und wurde geblitzt. Das war richtig teuer. Wir buchten das in der Rubrik „Ausgaben zu Weihnachten" ab. Er bekam sein Weihnachtsgeschenk, war hoch erfreut. Muss ich erwähnen, dass wir eine Woche später das gesuchte Messer fanden? Es hatte ziemlich unversteckt in meiner Schreibtischschublade gelegen. Darauf waren nicht mal die Kinder gekommen. Da kommt demnächst die Schokolade hin. Vielleicht schenke ich überhaupt beim nächsten Weihnachten allen Schokolade.

Zeitfracht Medien GmbH
Ferdinand-Jühlke-Straße 7
99095 Erfurt, Deutschland
produktsicherheit@kolibri360.de